奈良通が選んだ
万葉の旅百首

奈良まほろばソムリエの会　著
上野　誠　監修

【泊瀬の山】
山に漂う雲は亡くなったあの娘なのか（③四二八）24ページ

【石上神宮】
神杉が語る人々の営みの記憶（⑪二四一七）42ページ

【引手の山】
亡き妻を埋葬したという龍王山（②二一二）46ページ

【三輪山】近江遷都に際し、山に別れを告げる（①一八）48ページ

【大神神社】清々しい雰囲気が漂うわが国最古の神社（④七一二）62ページ

【宇陀の野】薬猟の地の鹿と秋萩（⑧一六〇九）70ページ

【高見山】
大和と伊勢を結ぶ古道にそびえる
（①四四）80ページ

【吉野川・六田の淀】
川幅の広さと流れの早さに圧倒
（⑦一一〇五）86ページ

【宮滝遺跡（吉野離宮跡）(一)】
六皇子「吉野の盟約」の舞台
（①二七）88ページ

【象谷（喜佐谷）】
象の小川のせせらぎに、鳥の声が
響き渡る
（⑥九二四）96ページ

【飛鳥浄御原宮㈡】
宮跡遺構に激動の時代をしのぶ
（⑲四二六一）114ページ

【飛鳥川】
日本の原風景を今も映す清流
（③三二二五）128ページ

【天香具山㈡】
大和三山の一つ、
古来崇められた聖なる山
（①二八）　144ページ

【葛城山】
神代から崇め
親しまれる山
（⑪二四五三）　168ページ

【宇智の大野】
宇智の狩野は
広大な山裾に広がる
（①四）　178ページ

【暗越え】
大和と河内を結ぶ
古代からの街道
（⑮三五八九）　200ページ

【龍田大社】
風の神・五穀豊穣を祈願
（⑨一七四八）204ページ

【磐瀬の杜】
斑鳩町と三郷町に伝承地
（⑧一四一九）206ページ

【平城京の大宮人】
梅をかざして野に遊ぶ
（⑩一八八三）224ページ

【平城宮跡㈠】
大宰府の地から
奈良の都を懐かしむ
（③三二八）228ページ

【勝間田池（大池）】
東に薬師寺伽藍、若草山。
千三百年続く絶景
（⑯三八三五）
234ページ

【佐保川㈡】
恋人が馬で渡ってきた川
（④五二二五）
246ページ

【吉城川（宜寸川）】
東大寺門前から依水園・
吉城園の間を流れる
（⑫三〇一一）
256ページ

【春日野㈡】
春日の神々に遣唐使の
無事を祈る
（⑲四二四一）
264ページ

推薦のことば

～『奈良万葉の旅百首』を携えて故地を歩く～

犬養万葉記念館 館長　岡本 三千代

私は大学生のとき、犬養孝先生と先生がお話しになる「犬養万葉」に出会いました。以来「万葉の旅」を通じて、万葉歌の詠まれた場所に立ち時代を戻し、風土に息づく古代人の足跡を確かめたり、万葉びとの心情を思いやるという楽しみ方を学びました。

万葉集の故地を歩くと天候や四季の移り変わりに応じて趣きが変化し、そのたびに新たな発見があったり理解が深まっていきます。当時から歩くときの手引書として、恩師の著書『万葉の旅』全三巻が欠かせませんでしたが、時の移りは景観の変貌や破壊を進め土地の荒廃が今や切実な問題となってきました。そして私のバイブルは、もはや昭和の原風景を留めた貴重な史料となってきました。それにも関わらず私はこれを携え、古代ロマンを訪ね歩いています。

そんな折、新時代「令和」にふさわしい「万葉を歩く」ための最新本が上梓されました。奈良まほろばソムリエの会の精鋭六十名の方々によって書き綴られた『奈良万葉の旅百首』です。

本書は「万葉の故地を歩く」ための本ではありますが大変わかりやすく、周辺の地図や歌碑が紹介されたり、現地を訪ねるために掲載された情報がとてもきめ細やかで、興味深い写真なども盛り込まれています。万葉集にこだわらなくても、奈良県内の散策を多角的に楽しめる貴重なガイドブックになっています。何よりも私には、持ち歩きに便利な新書サイズであることがありがたいです。

万葉集の楽しみ方で、私がもう一つ犬養先生から教わったことがあります。それは声に出して万葉歌を歌うこと。歌は心の音楽です。現地に立ち万葉歌を高らかに朗唱することで、抒情だけでなく、歌そのものが持つリズム感や躍動感を実感することができるのです。

さあ明日香村の甘樫《あまかし》丘に立ち、東方を展望しながら「采女《うねめ》の袖吹き返す明日香風　都を遠みいたづらに吹く」、志貴《しき》皇子の歌を犬養節で、それとも自己流の旋律で、声に出して歌いましょうか。そして一望してから本書を取り出し、これから歩く明日香村の散策メニューを考える……なんて楽しいことでしょう。『奈良万葉の旅百首』が、皆さまの旅の道連れとなることを願ってやみません。

令和三年二月吉日

はじめに

『奈良万葉の旅百首』を携えて万葉びとが歩いた道をたどり、万葉びとが見た風景に触れる奈良の旅をしてみませんか。

奈良まほろばソムリエの会設立十周年記念事業として、『奈良万葉の旅百首』を制作しました。

奈良は古代の日本においては政治・経済の中心地であり、万葉集の舞台でもあった場所です。万葉集全二十巻の中に四千五百余首の歌があり、その中に出てくる地名の数は約千二百（延べ二千九百）になります。そのうち、大和（奈良県）の地名は約三百（延べ約九百）あり、約四分の一（延べ約三分の一）にあたる数になります。大和は万葉時代の全期（飛鳥・藤原・平城）にわたって帝都のあったところだけに、大和の地名が一番多く出てくるのも当然といえます。

万葉集の奈良の旅の本では犬養孝著『万葉の旅』が有名ですが、今回制作しました『奈良万葉の旅百首』は奈良通の会員有志が百首を選び、『万葉の旅』に載っていない奈良通ならではのあまり知られていない歌も数多く取り上げており、奈良県の全土にわたって歌が選ばれています。

本書の特徴は、漢字のみで書かれた原文が載っていることです。万葉の時代には、まだひらがながなかったので漢字を借りて書き記していました。漢字を単に表音文字(一字一音)として用いたものを「万葉仮名」と呼び、漢字の意味を生かしたものや工夫を凝らして書き記したものなどがあり、原文を見ると漢字・仮名混じりの読み下し文とは違った面白さがあると思います。

エリアは、初瀬・桜井、天理・山の辺の道、宇陀、吉野、飛鳥、橿原、葛城・御所、奈良盆地中西部、生駒・龍田、奈良市西部、奈良市東部の順に十一の地域にわけています。

古い時代のことになると、想像力抜きでは歌に詠まれた生活感情を再現することはできませんが、万葉びとが目にし、心を充たしていたものは、いわば私たちの魂の故郷といっても過言ではありません。この本を携えて柿本人麻呂、山部赤人、大伴家持などの万葉歌人が詠んだであろうと思われる場所を訪ね、想像力を働かせて万葉びとと触れ合っていただければ幸いです。

また、平成三十一年(二〇一九)二月に発刊した『奈良百寺巡礼』とともに奈良を巡っていただければ奈良の歴史・風土の再発見にもなり、別のすばらしい大和路が展開するのではないかと思います。

奈良まほろばソムリエの会　米谷　潔

【奈良まほろばソムリエの会について】

・当会は、奈良のご当地検定である「奈良まほろばソムリエ検定」（奈良商工会議所主催）を契機に組織された会です。

・当初は平成二十三年（二〇一一）四月、同検定の最上級資格である「奈良まほろばソムリエ」の合格者同士の親睦・交流のための任意団体「奈良まほろばソムリエ友の会」として発足しました。平成二十五年（二〇一三）二月にＮＰＯ法人化、その時から奈良を愛する人なら誰でも入会していただける会としました。令和三年（二〇二一）四月には、設立十周年を迎えます。

・会員数は、発足当初の百五十三人から約四百二十人（令和三年二月末）と大きく増えました。

・本書『奈良万葉の旅百首』は、『奈良「地理・地名・地図」の謎』『奈良の隠れ名所』（以上、実業之日本社刊）、『奈良百寺巡礼』（京阪奈情報教育出版刊）に続く当会にとって四冊目の本です。いずれも新書版で、「分かりやすい」「気楽に読める」とご好評いただいています。

【本書の表記について】

- 歌の読み下し文、原文、訳文は囲み枠で紹介しています。
東京大学名誉教授・多田一臣先生のご厚意により『万葉集全解』(多田一臣著　筑摩書房)から転載しました。
- 万葉集の巻と歌番号について。
( )内に巻第一を①とし、歌番号はその後ろに漢数字で記載しています。
例：巻第一、歌番号一番の場合は(①一)と表記
- 本文に掲載する写真の場所は、歌の世界にゆかりのある推定地です。
- 各エリア別の地図は、エリアの冒頭にまとめています。
- すべての内容については、諸説があるものも含まれます。

目次

6 橿原エリア

7 葛城・御所エリア

10 奈良市西部エリア

11 奈良市東部エリア

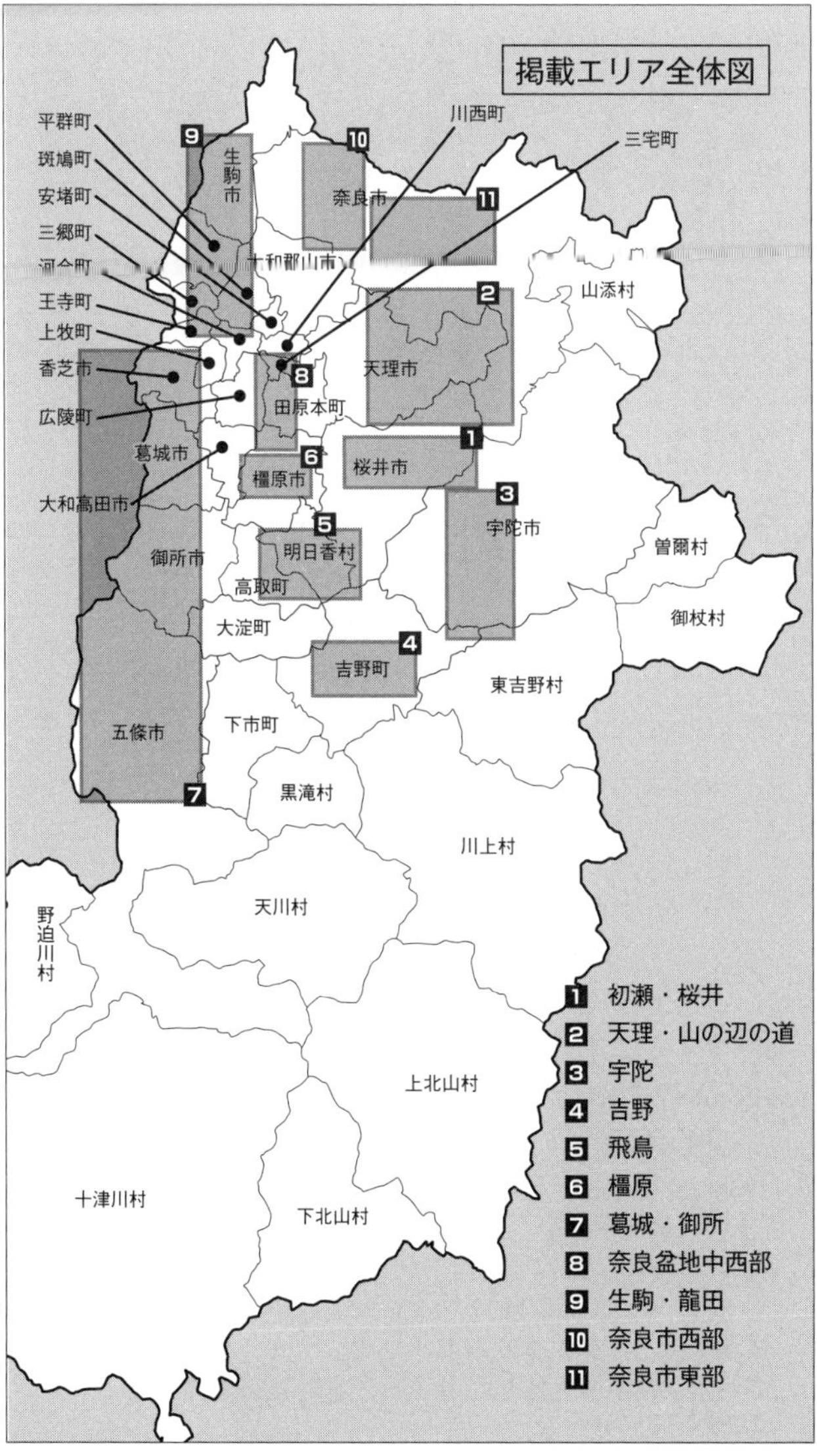
掲載エリア全体図
平群町
斑鳩町
安堵町
三郷町
河合町
王寺町
上牧町
香芝市
広陵町
大和高田市
生駒市
奈良市
川西町
三宅町
大和郡山市
山添村
天理市
田原本町
葛城市
橿原市
桜井市
宇陀市
曽爾村
御杖村
御所市
明日香村
高取町
大淀町
吉野町
東吉野村
五條市
下市町
黒滝村
川上村
天川村
野迫川村
上北山村
十津川村
下北山村
1 初瀬・桜井
2 天理・山の辺の道
3 宇陀
4 吉野
5 飛鳥
6 橿原
7 葛城・御所
8 奈良盆地中西部
9 生駒・龍田
10 奈良市西部
11 奈良市東部

まんようしゅう
ならうまれの
さいこのかしゅう

万葉集《まんようしゅう》　奈良《なら》生《う》まれの最古《さいこ》の歌集《かしゅう》
『万葉集』は、7世紀後半から8世紀後半にかけてまとめられた日本最古の和歌集です。
天皇、貴族から下級官人《かきゅうかんじん》、防人《さきもり》などさまざまな身分の人が詠《よ》んだ歌が20巻・4516首あり、大伴家持《おおとものやかもち》が編者と考えられています。成立は天平宝字《てんぴょうほうじ》3年(759)以後とみられています。
額田王《ぬかたのおおきみ》、柿本人麻呂《かきのもとのひとまろ》、山部赤人《やまべのあかひと》、山上憶良《やまのうえのおくら》、大伴家持などの歌があります。

「奈良まほろばかるた」より

表紙カバーイラスト・本文イラスト

なかじまゆたか

童話作家・画家
昭和25年(1950)大阪生まれ、奈良県橿原市在住。

日本児童文学者協会、日独協会などに所属。

幼いころから童話や童画の創作を始める。

平成17年(2005)、駐日ドイツ大使の招待でドイツを訪問、「日本におけるドイツ年」(ドイツ連邦共和国主催)の開催を依頼される。以後、国内各地で作品展を行っている。

1 初瀬・桜井エリア

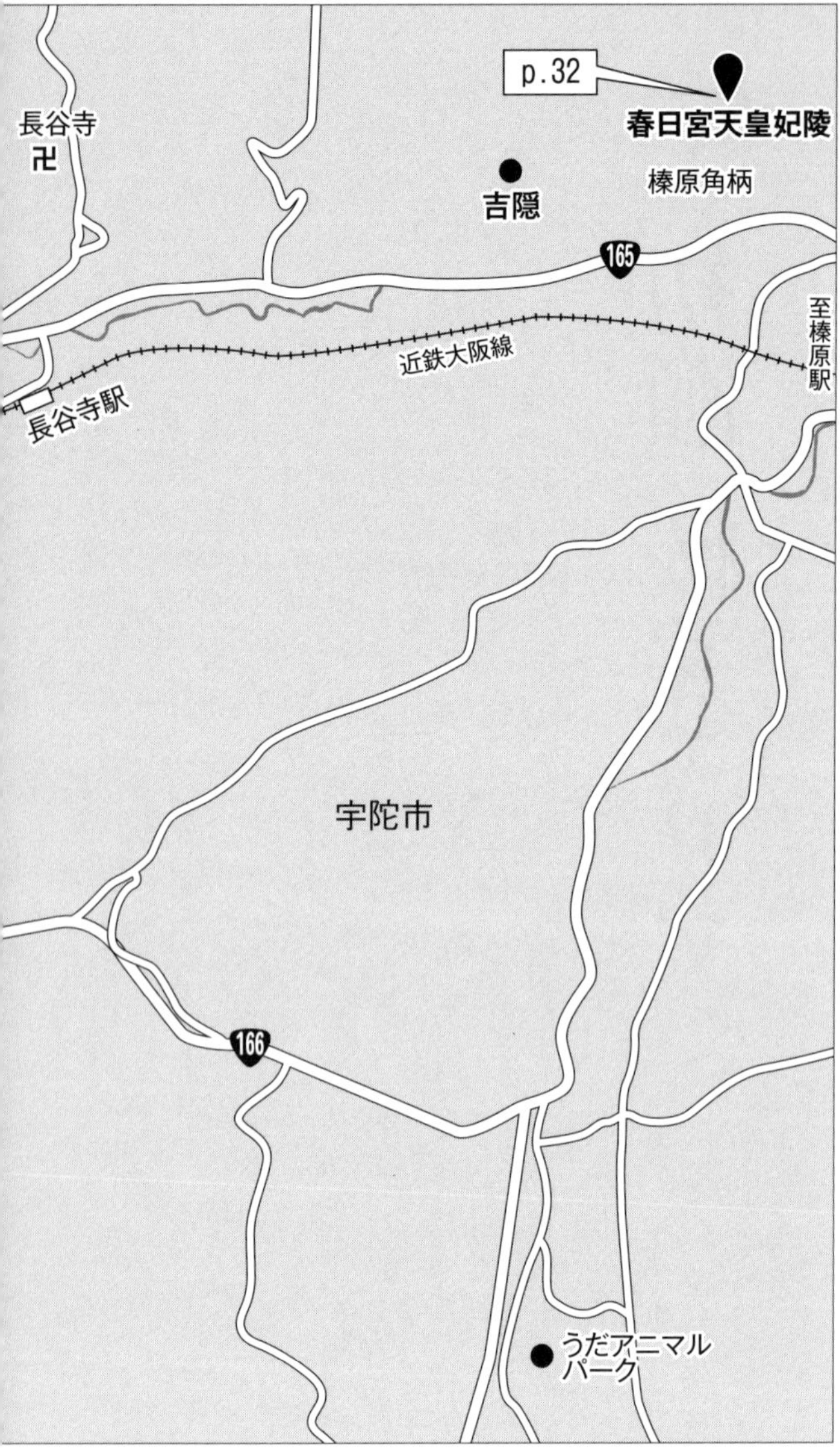
p.32
春日宮天皇妃陵
長谷寺
卍
吉隠
榛原角柄
165
至榛原駅
近鉄大阪線
長谷寺駅
宇陀市
166
うだアニマルパーク

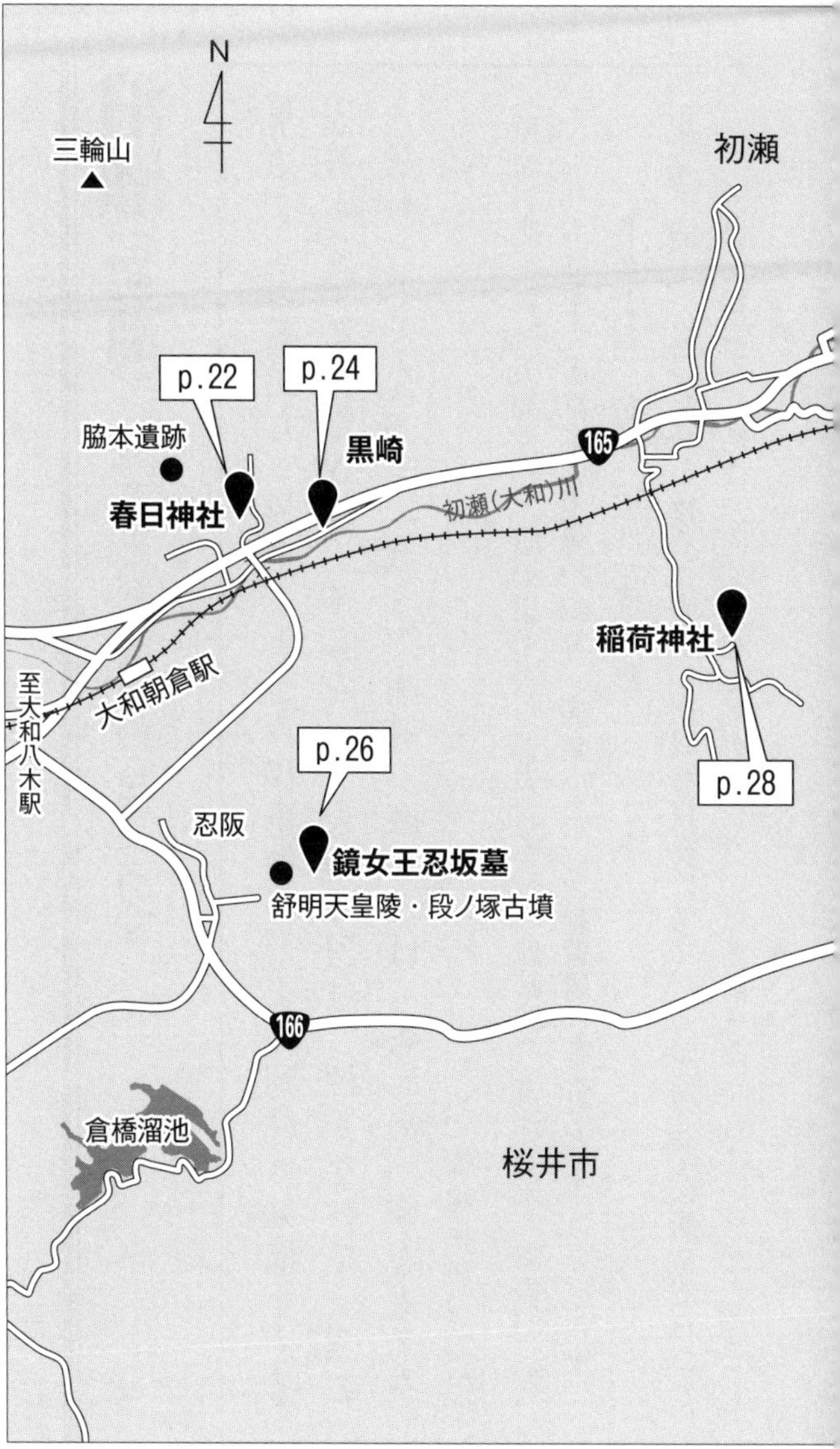
N
三輪山
初瀬
p.22
p.24
脇本遺跡
黒崎
春日神社
165
初瀬(大和)川
稲荷神社
至大和八木駅
大和朝倉駅
p.26
p.28
忍阪
鏡女王忍坂墓
舒明天皇陵・段ノ塚古墳
166
倉橋溜池
桜井市

泊瀬（初瀬）

万葉集の冒頭を飾る帝王の歌

籠《こ》もよ　み籠《こ》持ち　掘串《ふくし》もよ　み掘串《ぶくし》持ち　この岡《をか》に　菜摘《なつ》ます子　家告《の》らせ　名告らさね　そらみつ　大和《やまと》の国は　押しなべて　我《われ》こそ居《を》れ　しきなべて　我《われ》こそ座《ま》せ　我《われ》こそば　告《の》らめ　家をも名をも

雄略《ゆうりゃく》天皇（①一）

（原文）籠毛與　美籠母乳　布久思毛與　美夫君志持　此岳尓　菜採須兒　家告閑　名告紗根　虚見津　山跡乃國者　押奈戸手　吾許曽居　師吉名倍手　吾己曽座　我許背齒　告目　家呼毛名雄母

（訳文）籠《かご》よ、見事な籠を持ち、篦《へら》よ、立派な篦を持って、この岡で菜を摘んでおいでのお嬢さん、あなたの家柄をお名のりなさい。名前をおっしゃい。そらみつ大《やま》和《と》の国は、すべて私が支配しているのだ。すっかり私が治めているのだ。私こそ明らかにしよう。家柄も名前も。

万葉集は「声に出して読め」と言われます。「こもよ」は三文字、「みこもち」は四文字、「ふくしもよ」は五文字、「みぶくしもち」は六文字で、文字数が一字づつ増えて、声を出して歌えば、どんどん勢いが出てくるのがこの万葉集全二十巻の冒頭を飾る雄略天皇の歌です。

古事記や日本書紀は歌謡と説話を入り混じえて日本の歴史を書き連ねています。文字に記される歴史に先立つ古代があることは明らかで、その時代のことは音に出して記憶し、口誦《こうしょう》によって伝承されてきました。

記紀に遅れて現れた万葉集は、それとは異なり、歌人が創作した和歌を、一音を一字の漢字で表す万葉仮名も多用して記録・編集されました。あわせて古い時代の英雄をほめあげた歌謡、愛を交わす喜びを歌い上げた歌など、宮廷や庶民の間で歌い継がれた歌も収録されます。この巻頭歌も、長く歌い続けられてきた歌と見られます。

この巻頭歌は、抒情的な風景と若菜をつむ女性を語りつつ、「そらみつ」と突然変調して、「押しなべて我こそおれ」「しきなべて我こそませ」と、王者であることを力強く名乗ります。名乗りの部分をかえればどこでも、誰もが歌える歌でした。

万葉集が編集されたころ、雄略天皇は古代を代表する偉大な英雄として特別に意識されていました。万葉集の巻頭を飾るにとどまらず、記紀でも多くの歌謡と説話を残しています。この天皇に仮託した求愛の歌が、万葉集の冒頭を飾るのにふさわしい歌でした。

桜井市の脇本遺跡からは五世紀の柱穴が発見され、雄略天皇の泊瀬朝倉《はつせあさくら》宮伝承地の可能性が指摘されています。（雑賀耕三郎）

泊瀬朝倉宮跡の一部とみなされる春日神社

【春日神社】
所桜井市脇本355
交近鉄大和朝倉駅下車徒歩約10分

上野誠著『万葉集講義』（一）

本書監修者の上野誠氏（奈良大学文学部教授）は令和二年（二〇二〇）九月、『万葉集講義』（中公新書）を上梓されました。

さすが万葉集研究の第一人者、目からウロコの卓見が目白押しでした。その一部を二回に分けて、箇条書きで紹介します。

一．万葉集には四つの要素がある
①東アジア漢字文化圏の文学②宮廷の文学③律令官人の文学④都と地方をつなぐ文学

二．万葉集に関する誤解を正したい
①朝鮮語で書かれているというミステリー本（『人麻呂の暗号』など）の内容は、学説ではない。②天皇から庶民までの歌が採られているという言説は、万葉集を国民国家の歌集として位置づけるために吹聴された説（全階層の歌を集めたいという「志向」はあった）。

三．やまと歌の世界とは
①それは短歌体による恋と四季の文学。②それらを古今和歌集は万葉集から引き継いだ。③古今集以降、日本の歌の規範（お手本）は古今集となった。ひらがな、カタカナが普及すると、漢字だけで記された万葉集は難しいものとなり、平安時代の文人たちも、そのほとんどが読めなくなっていた。（鉄田憲男）

泊瀬の山

山に漂う雲は亡くなったあの娘なのか

隠《こも》りくの泊瀬の山の山の際《ま》にいさよふ雲は妹《いも》にかもあらむ

柿本人麻呂《かきのもとのひとまろ》（③四二八）

（原文）隠口能　泊瀬山之　山際尓　伊佐夜歴雲者　妹鴨有牟

（訳文）隠《こも》りくの泊瀬の山の山あいにただよっている雲は、あの娘子《おとめ》でもあろうか。

題詞に、「土形娘子《ひじかたのおとめ》を泊瀬《はつせ》の山に火葬《やきはふり》し時に、柿本朝臣人麻呂の作れる歌一首」とあります。火葬は飛鳥時代に初めて行われ、当時の人々に強い印象を与えたことでしょう。人麻呂は、火葬の煙で魂が天に昇るように思えたのでしょうか、亡くなった人を、去りがたく空に漂う雲になぞらえています。人麻呂と同じように、私たちも空の雲を見て、過ぎ去った人や昔のことを思うことがあります。

　長谷寺のある谷から三輪山の南側を西へ流れる初瀬川《はせがわ》、その谷は、三方を山に囲まれて隠れているところから「隠口《こもりく》の泊瀬」と言われ、人麻呂の時代には葬送の地でした。しかし初瀬街道が通じ、後世には長谷寺参詣や伊勢参りの往来で賑わいました。

　近鉄大和朝倉駅から北へ行くと、国道一六五号に並行して北側と南側に昔からの街道があります。慈恩寺、脇本、黒崎、そして野見宿禰《のみのすくね》ゆかりの出雲《いずも》と集落をたどり、郷愁を誘う町並みや歴史のある神社を巡りながら、長谷寺の門前町に着くのも楽しめるコースです。

（安井　永）

黒崎付近の初瀬川から見る泊瀬の山

【黒崎付近の初瀬川】
所桜井市黒崎654付近
交近鉄大和朝倉駅下車徒歩約20分

忍阪

神武東征の舞台、舒明天皇らの眠る奥津城《おくつき》

秋山の木《こ》の下隠《したがく》り行《ゆ》く水の我《われ》こそ益《ま》さめ思ほすよりは

鏡王女《かがみのおほきみ》（②九二）

（原文）秋山之　樹下隠　逝水乃　吾許曽益目　御念従者

（訳文）秋山の木の下隠れに流れる水のように、表には見えずとも、私の思いは深くまさっている。あなたが思って下さるよりは。

この歌は、鏡王女が天智《てんじ》天皇との間で交わした相聞歌《そうもんか》として掲載されています。天皇の思いを受けて、秋の木漏れ日の中をひそやかに絶え間なく流れる水に、秘めた女心の強い思いを映しています。鏡王女はのちに藤原鎌足《かまたり》の正妻となりますが、鎌足の病気平癒を願って建てた山《やま》階寺《しなでら》は、厩坂寺《うまやさかでら》を経て興福寺となり、のちの藤原氏繁栄の象徴として法燈を継いでいます。

歌碑のある忍阪《おっさか》は、神武東征の舞台にもなった歴史深い所です。集落から「舒明天《じょめいてん》皇押坂内陵《のうおさかのうちのみささぎ》」を目指し、その脇道からさらに進むと、ほどなく外鎌山《とかまやま》の湧水を集め軽やかに流れる小川の畔《ほとり》に、ひっそりとたたずむ歌碑が現れてきます。犬養孝氏の揮《き》毫《ごう》によるもので、その歌の内容とともに、見事にこの空間に溶け込んでいます。

その先に「鏡女王押坂墓《おしさかぼ》」があります。このあたりは奥の谷といわれ、集落からわずかに離れるだけで、そこは鳥の囀《さえず》りと風にそよぐ葉擦《はず》れの音だけの空間です。この空間に身を任せれば、あなたを万葉の世界へ誘《いざな》ってくれることでしょう。（西川年文）

鏡女王忍坂墓に続く小径と脇を流れる小川の畔にある歌碑

【鏡女王忍坂墓】

所桜井市忍阪547 交近鉄大和朝倉駅下車徒歩約20分またはJR・近鉄桜井駅からバス「忍阪」下車徒歩約10分

大宇陀への峠道

安騎野に向かう試練の道

やすみしし　我《わ》ご大君《おほきみ》　高照《たかて》らす　日の皇子《みこ》　神《かむ》ながら　神《かむ》さびせ
すと　太敷《ふとし》かす　都《みやこ》を置きて　隠《こも》りくの　泊瀬《はつせ》の山は　真木《まき》立つ
荒山道《あらやまみち》を　岩《いは》が根　禁樹《さへき》押しなべ　坂鳥《さかどり》の　朝越えまして　玉かぎ
る　夕《ゆふ》さり来《く》れば　み雪降る　安騎《あき》の大野《おほの》に　旗すすき　篠《しの》を押し
なべ　草枕《くさまくら》　旅宿りせす　古《いにしへ》思ひて

柿本人麻呂《かきのもとのひとまろ》（①四五）

（原文）八隅知之　吾大王　高照　日之皇子　神長柄　神佐備世須等　太敷為　京乎置
而　隠口乃　泊瀬山者　真木立　荒山道乎　石根　禁樹押靡　坂鳥乃　朝越座
而　玉限　夕去来者　三雪落　阿騎乃大野尓　旗須為寸　四能乎押靡　草枕
多日夜取世須　古昔念而

（訳文）あまねく国土を支配なさるわが大君、高く照り輝く日の皇子。日の皇子はさながらの神として神々しくも、ご統治なさる都をあとに、隠りくの泊瀬の山の霊木の茂り立つ荒々しい山道を、大地に根をすえた岩や道をふさぐ邪魔な樹木をなびき伏せ、坂鳥のように払暁《ふつぎょう》に山をお越えになって、玉のきらめく夕べになると、み雪降る安騎の大野に、穂すすきや篠竹を押し伏せて、草を枕の旅宿りなさる。過ぎ去った昔に思いを馳せながら。

万葉の時代、安騎野《あきの》と称された大宇陀の地は、明日香の都からは隔絶された彼方《かなた》の地でした。この地へ、持統天皇六年（六九二）十一月、草壁《くさかべ》皇子の遺児である軽《かる》皇子が狩りに出ました。随行者には柿本人麻呂も含まれています。

飛鳥浄御原《あすかきよみはら》の宮を夜の明ける前に出立、山田道を下ります。寺川までは一本道ですが、そこから安騎野にいたる道は数本あります。最も南の道は、音羽山をまっすぐ越える大峠です。中央の道は忍坂《おっさか》を抜け、粟原《おうばら》から宇陀に登る男坂です。一番北側の道は、初瀬川沿いを出雲まで進み、狛《こま》の村から狛峠を越える道です。

いずれも歴史に名を残した道ですが、「都を置きて隠《こも》りくの泊瀬《はつせ》の山は真木立つ荒山道を」と「泊瀬」を通ったことが明示されており、狛峠を通ったとみることができます。今では通る人もない道ですが、昭和二十年代は中学生の通学路としても使われ、古代から近世に至るまで、宇陀と奈良盆地をつなぐ重要な道でした。

軽皇子の一行は道をふさぐ狛峠の立木をかき分け、岩を押しのけ、降る雪をものともせずに安騎野に向かいます。これは軽皇子が父・草壁皇子の偉業を引き継ぐための安騎野への試練の道でした。（雑賀耕三郎）

泊瀬から安騎野に向かう峠道

【狛峠、真木立つ荒山道】
所桜井市狛260（稲荷神社）
交近鉄長谷寺駅下車徒歩約30分

上野誠著『万葉集講義』（二）

四. やまと歌的人格とは

①平安時代の日本回帰の基調のなかで、やまと歌は日本文化の象徴となっていく。②やまと歌とその発想法は、逆に人格を作る（言葉を使う者は言葉に支配される）。③「やまと歌的人格」は、確実に人と人との関係性、人と自然との関係性にも影響を与えている。④客を家に迎える場合、花は何を飾るか、料理にどのような季節感を盛り込むか、ということを考える。それは茶道の「お茶事《ちゃじ》」をはじめ、華道、香道も絵も陶芸もすべて同じ。⑤やまと歌的美意識は、芸道の底に流れており、これほど浸透しているものはない。

五. 文選なくして万葉集なし

①万葉集は二つのルーツをもつ。一つは五世紀以前から口承されてきた日本語の歌々。もう一つは中国の文学で、代表は文選。②文選は、当時の中国で群を抜いて権威のある文学書だった。万葉集は文選の学習から生まれた。③万葉集は最も日本的であるとともに、最も中国的な文学であり、ルーツを遡《さかのぼ》れば、中国文化にたどり着く。④逆にいえば、日本は翻訳文化と改良文化の大国であり、そこに日本文化の創造性がある。

（鉄田憲男）

吉隠（猪養の丘）

実を結ぶことのなかった禁断の恋

降《ふ》る雪はあはにな降りそ吉隠《よなばり》の猪養《ゐかひ》の岡《をか》の寒からまくに

穂積皇子《ほづみのみこ》（②二〇三）

（原文）零雪者　安播尓勿落　吉隠之　猪養乃岡之　寒有巻尓

（訳文）降る雪は多くは降ってくれるな。吉隠の猪養の岡が寒いであろうから。

吉隠は、近鉄大阪線長谷寺駅と榛原駅の中間に位置し、伊賀・伊勢への街道筋にあり、穏やかな日当たりの良い斜面に美しい棚田が連なる集落です。この棚田は、稲作に適した気候風土と良い水や土に恵まれ、「吉隠米」として昔から美味しい米のとれる場所として知られています。

この歌は、天武天皇の異母兄妹の間の悲恋にまつわる歌ですが、壬申の乱の功労者高市皇子《たけち》の宮にいた但馬皇女《たじま》は、穂積皇子を思い、密かに通じて歌った恋歌をいくつか残しています。特にこの歌は、その但馬皇女が亡くなり葬られた後に、穂積皇子が、冬の雪降る日、皇女の墓をはるかに見やり涙して詠んだ歌、つまり、二人の悲恋の物語の結びの歌として知られています。

現在、皇女の埋葬された猪養の岡の所在は不詳ですが、宇陀市角柄《つのがわら》から山中奥深く入った、志貴《しき》皇子妃で光仁天皇の母紀橡姫《きのとちひめ》の吉隠陵《よなばりのみささぎ》の近くとも考えられています。

御陵を仰ぎ見ながらこの地に身を置いてみれば、この歌の原風景に触れる思いがします。

（箕輪成記）

御陵への252段の石段から、吉隠陵を仰ぎ見る

【春日宮天皇妃紀橡姫吉隠陵】

所宇陀市榛原角柄

交JR・近鉄桜井駅からバス「吉隠」下車徒歩約60分

国の始まりは初瀬谷から

初瀬川《はせがわ》が奈良盆地に流れ出る地、盆地南部が見渡せる高台に、雄略天皇の宮が築かれました。古事記は「長谷《はつせ》の朝倉に坐《ま》しまして」と記し、日本書紀は即位の場を「泊瀬《はつせ》の朝倉に設け」と書いています。

宮には、たくさんの群臣が集まることができる広場もあり、大きな槻《つき》（ケヤキ）の樹も茂っていました。采女《うねめ》の相撲が行われたということも、書かれています。

万葉集は、この地を歌った雄略天皇の歌で始まります。

雄略天皇の事蹟《じせき》は、歴史書に詳しく紹介されています。あわせて雄略天皇の足跡が、遺跡や遺物によって、次々と明らかにされてきています。この地では五世紀の建物の遺構が発見されました。さらに「ワカタケル大王」（雄略天皇）と刻まれた鉄剣が東は埼玉県、西は熊本県で発見されました。大和王権、雄略天皇の影響力の大きさに驚きます。

古事記や日本書紀に描かれたワカタケル大王の姿が、今に残る遺跡や遺物で裏付けられ、再現されることに感動を覚えます。国の始まりの大切な一歩は、初瀬谷《はつせだに》で始まったとも言えるかもしれません。

（雑賀耕三郎）

2 天理・山の辺の道エリア

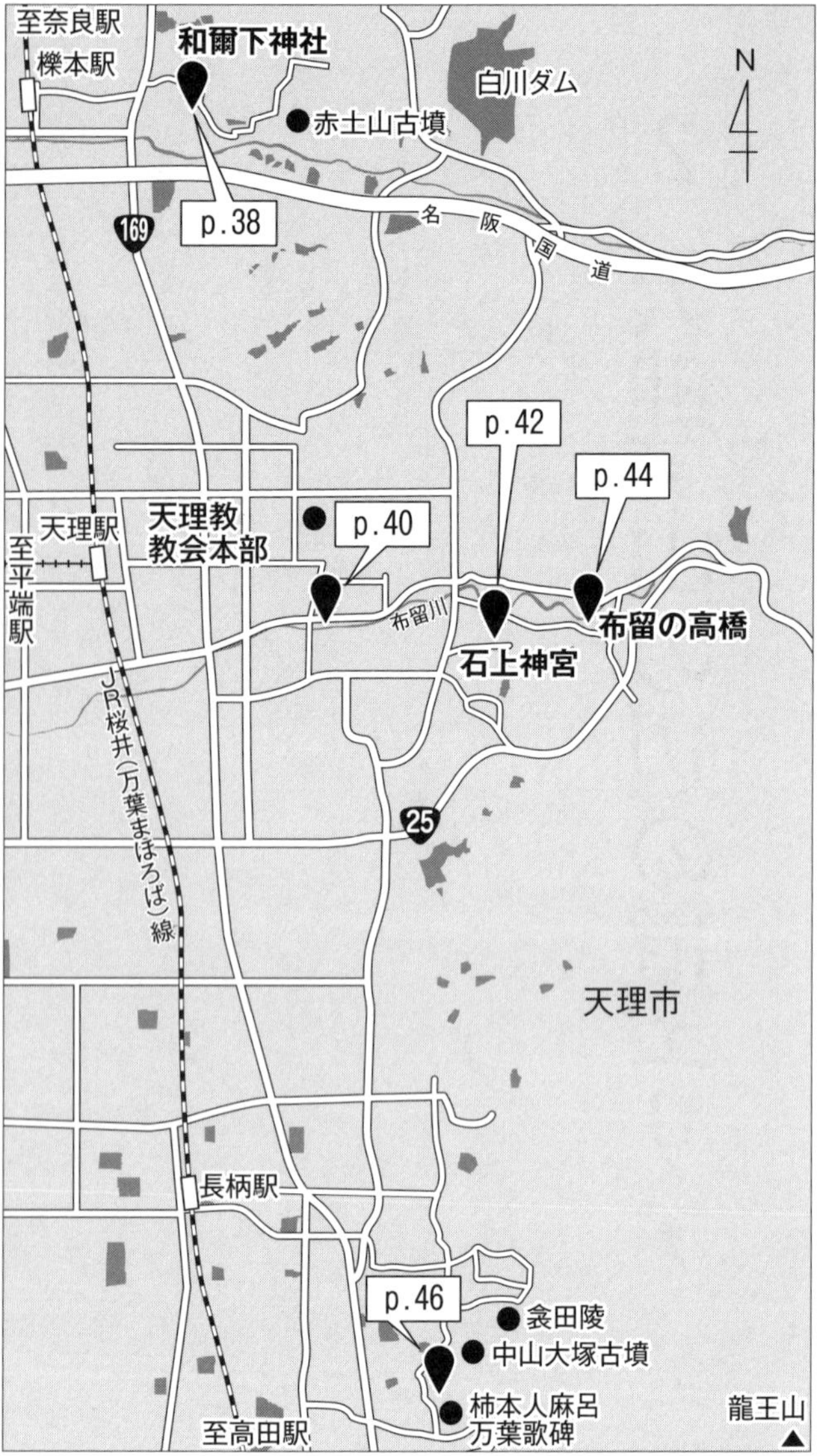

至奈良駅
和爾下神社
櫟本駅
白川ダム
N
赤土山古墳
p.38
169
名阪国道
p.42
p.44
天理教
教会本部
p.40
天理駅
至平端駅
布留川
布留の高橋
石上神宮
JR桜井(万葉まほろば)線
25
天理市
長柄駅
p.46
衾田陵
中山大塚古墳
柿本人麻呂
万葉歌碑
龍王山
至高田駅

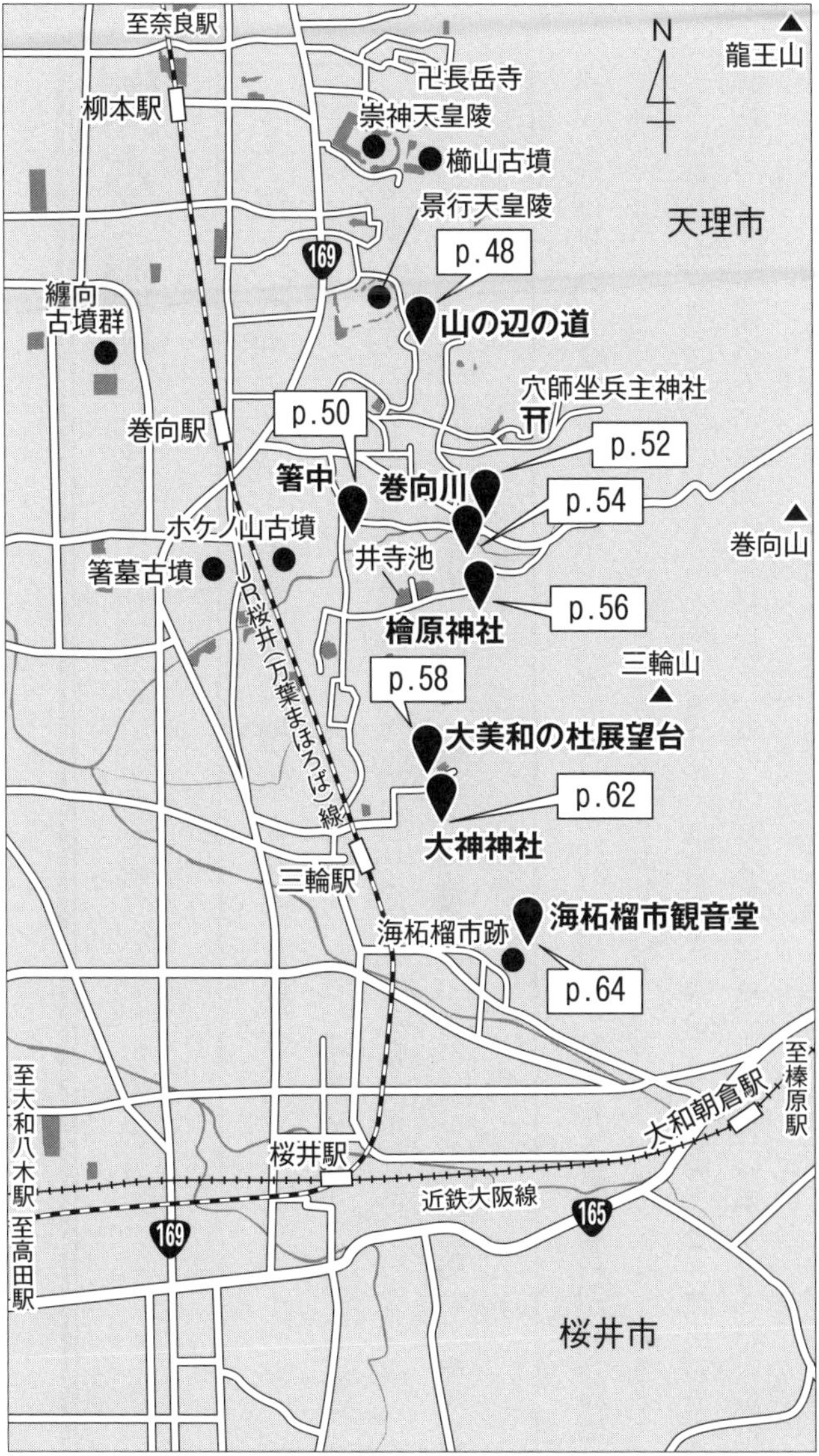

37 天理・山の辺の道エリア

櫟本（櫟枝）

宮廷歌人が宴会の余興で詠んだ戯れの歌

さす鍋《なべ》に湯沸《わ》かせ子ども櫟津《いちひつ》の檜橋《ひばし》より来《こ》む狐《きつね》に浴《あ》むさむ

長忌寸意吉麻呂《ながのいみきおきまろ》（⑯三八二四）

（原文）刺名倍尓　湯和可世子等　櫟津乃　檜橋従来許武　狐尓安牟佐武

（訳文）さし鍋に湯を沸かせ、者どもよ。櫟津の檜橋を渡って、コンコンと鳴いてやってくる狐に浴びせかけてやろう。

この歌は持統《じとう》・文武《もんむ》朝の宮廷歌人で、柿本人麻呂と同時代に生きた長忌寸意吉麻呂が宴会の場で詠んだ歌です。題詞に「長忌寸意吉麻呂の歌八首」とあり、以下八首の歌が収録されています。都は藤原京。仕事を終えた役人たちが、真夜中に酒盛りをしているときのこと。櫟津の橋で狐が「コン！」と鳴いたのを聞いた役人が、歌の得意な意吉麻呂にこう言いました。「おい意吉麻呂、饌具《せんぐ》（食器）、雑器《ざつき》（用具）、狐声《こせい》、河《か》橋《きょう》をお題に歌を詠まれよ」。そこで、饌具はさし鍋、雑器は櫟津（飯櫃《いちひつ》）、津は舟着き場、檜橋は「橋」と「箸」、「来む狐」は狐声の「コン」と「来る」を掛けて詠んだのがこの歌。まるで現代でいう「大喜利《おおぎり》」みたいですね。このあと狐が熱湯を浴びたのかはさておき、役人たちが酒席で歌をサカナに楽しむ様子が目に浮かぶようです。

　歌が詠まれた推定地は天理市櫟本《いちのもと》町と大和郡山市櫟枝《いちえだ》町の二説があります。この二箇所は距離も近く、かつては同区域だったのかもしれません。歌碑は和爾下《わにした》神社（上《かみ》治道《はるみち》天王社）の境内にあります。（加藤なほ）

和爾下神社の鳥居。龍田道と上ツ道の交差点付近にある

【和爾下神社（上治道宮）】
所天理市櫟本町宮山2430
交JR櫟本駅下車徒歩約15分

布留川

龍王山に発し上流に桃尾の滝、今はホタルも

我妹子《わぎもこ》や我《あ》を忘らすな石上袖布留川《いそのかみそでふるかは》の絶えむと思へや

作者未詳（⑫三〇一三）

（原文）吾妹児哉　安乎忘為莫　石上　袖振川之　将絶跡念倍也

（訳文）いとしいあの子よ、私をお忘れになるな。石上の袖を振る布留川の流れではないが、どうしてこのまま仲が絶えようなどと思おうか。

この歌は、別れていく恋人に対して、私を忘れないでほしい、布留川の流れが絶えないように、と呼びかける恋の歌です。現在は、川の存在を意識することが少なくなってきたようですが、万葉の時代は、川に様々な思いを託すことが多かったようです。

布留川は、天理市を代表する川です。東方の龍王山《りゅうおうざん》を源として、西方の平野部に流れ、初瀬《はせ》

川《がわ》に合流します。上流部分の岩場には、桃《もも》尾《のお》の滝などもあり、また河川清掃の結果、ホタルが見られる場所も出てきました。

市街地に近づくと、石上神宮の北側を通り天理教本部施設群「おやさとやかた」の中を流れていきます。

川が形成した扇状地の周辺部に営まれたのが布留遺跡で、縄文時代から近世まで続く遺跡です。特に古墳時代は規模が最も大きく、物部《もののべ》氏の本拠として栄えました。この遺跡の調査で初めて見つかった「布留式土器」は、その後全国に確認されるようになりました。出土品は天理大学附属天理参考館に展示されています。

（石田一雄）

天理教本部前大橋から龍王山方面を望む

【龍王山方面】

所天理市三島町1-1（天理教 教会本部）

交JR・近鉄天理駅下車徒歩約20分

石上神宮

神杉が語る人々の営みの記憶

石上布留《いそのかみふる》の神杉神《かむすぎかむ》さびて恋をも我《あれ》はさらにするかも

柿本人麻呂歌集（⑪二四一七）

（原文）石上　振神杉　神成　戀我　更為鴨

（訳文）石上の布留の神杉、そのように私は神々しく年古《ふ》りてしまって、恋をまたさらにすることであるよ。

布留社（石上神宮）の神杉にたとえて、年を重ねても恋をするという、読む者の想像をいざなうこの歌からは、人麻呂の瑞々《みずみず》しい感性とともに心の余裕が感じられます。

石上神宮は、古代物部《もののべ》氏の総氏神を祀り、境内は、荘厳で静寂な森に包まれています。山の辺の道の中間地点でもあり、周辺には古代をしのばせる地名や旧跡が多く残されています。

参道を行くと、放し飼いにされている神《しん》鶏《けい》の鳴き声が、重奏となって響いてきます。

大鳥居の奥に、華麗な楼門が見えます。社前には栄華を誇った内山永久寺《うちやまえいきゅうじ》の建物遺構もあり、木々に囲まれた鏡池には、後醍醐天皇の愛馬の首が変身したという伝説の馬魚《ばぎょ》(ワタカ)が、棲《す》んでいます。

清浄に保たれた禁足地からは、沢山の出土物があり、神域の中に積層する人々の信仰心が、眠っているようです。

神杉を見あげると、この地で育まれた万葉びとの大らかな恋の歓びや切なさの断片が降り注ぐようで、はるかな時間が一気に縮まるのを感じます。

(藤井哲子)

人麻呂は神杉に親しみ、人生を重ねたのだろう

【石上神宮】

所 天理市布留町384

交 JR・近鉄天理駅下車徒歩約30分

布留の高橋

布留川の橋桁の高い橋に託した思い

石上布留《いそのかみふる》の高橋高々《たかはしたかたか》に妹《いも》が待つらむ夜《よ》ぞ更《ふ》けにける

作者未詳（⑫二九九七）

（原文）石上　振之高橋　高〻尓　妹之将待　夜曽深去家留

（訳文）石上の布留に架かる高橋のように高く高く、首をのばしてあの子が待っているだろう夜が更けてしまったことだ。

待っている女性のことを思いやる男性がどういう状況にあるのか、夜が更けたと詠まれているだけで明らかではありません。

会いに急ぐときのいらだつような思いを歌ったのでしょうか、それとも急に何か支障ができて行けなくなったくやしい思いを歌ったのでしょうか。

「布留の高橋」は現在、布留川が深く落ち込んだところにかけられています。石上神宮の楼門前を奥(東の方向)に進み鬱蒼《うっそう》とした森を抜け舗装路左手の細い地道を下りていくと、川音が聞こえてきます。

橋の上から上流側に目をやれば、「ハタの滝」と呼ばれる滝と右側の支流からの小さな水の流れを見ることができます。

橋につけられた説明板によれば、昔は祓《はらえ》殿《ど》があり、夏越《なごし》の大祓式《おおはらえしき》の時には神剣《しんけん》が渡《と》御《ぎょ》していたこともあるようです。

北の方向、奈良市の春日大社辺りまでの北山の辺の道は標識が整備され、静かに散策を楽しむことができます。　(中村茂一)

橋の下から上流側を見る。左が「ハタの滝」、右が支流

【「布留の高橋」から上流側の眺め】

所天理市豊井町222

交JR・近鉄天理駅からバス「石上神宮前」下車徒歩約10分

引手の山

亡き妻を埋葬したという龍王山

衾道《ふすまぢ》を引手《ひきて》の山に妹《いも》を置きて山道《やまぢ》を行《ゆ》けば生《い》けりともなし

柿本人麻呂（②二一二）

（原文）衾道乎　引手乃山尓　妹乎置而　山徑往者　生跡毛無

（訳文）衾道の衾を引く、引手の山に妻を残し置いて山道をたどると、自分がとても生きているとは思われないことだ。

題詞に「妻死にし後に泣血哀慟《きゅうけつあいどう》して作る歌、二首（長歌）あわせて短歌」とあります。長歌二首と短歌四首（②二〇七～二一二）がセットです。第二長歌（②二一〇）から、さらに詳しく状況がわかります。妻が残した幼子が母を求めて泣き叫ぶのに与えるものもなく、人麻呂が小脇に抱きかかえて妻と共寝をした衾（掛布団）に寝かしつけている時の心境、また羽易《はがい》の山は故人に出会える場所と聞いて行ったことなど、まさに泣血哀慟の思いが綴られています。

引手の山（羽易の山ともいう）は、龍王山とみなされており、歌碑は山の辺の道沿いに、龍王山を背景として立っています。

歌碑建立のエピソードがあります。奈良県は「襖《ふすま》の引手」の生産が全国の九割を占めますが、その製造大手の社長が、引手の山の麓に手白香皇女《たしらかのひめみこ》衾田陵《ふすまだのみささぎ》があることに不思議な因縁を感じて、犬養孝氏に揮毫《きごう》を依頼したそうです。

山の辺の道は、大神《おおみわ》神社や長岳寺など有名な寺社や陵墓もあり、歴史考古ファンの人気のコースです。

（酒井良子）

休憩スポットから歌碑と龍王山を望む

【万葉歌碑と龍王山】
所 天理市中山町　山の辺の道沿い（歌碑）
交 JR柳本駅下車徒歩約30分

三輪山

近江遷都に際し、山に別れを告げる

三輪山《みわやま》をしかも隠《かく》すか雲だにも心あらなも隠さふべしや

額田王《ぬかたのおほきみ》（①一八）

（原文）三輪山乎　然毛隠賀　雲谷裳　情有南畝　可苦佐布倍思哉

（訳文）三輪山をこのようにも隠すのか、せめて雲だけでも心があってほしいものだ。隠してよいものだろうか。

この歌は、①一七の長歌「味酒《うまさけ》三輪の山あをによし奈良の山の…」とセットになっています。左注によると、都を近江国に遷《うつ》したとき、三輪山を眺めて詠まれた歌で、いずれも三輪山との別離を愛惜しています。三輪山は大和の人にとっては日々慣れ親しんだ山であると同時に、神々しい聖なる山でした。三輪山をあとにして近江に移る今、丁重に別れを惜しみ、神の心を慰撫する必要があったのでしょう。

日本書紀によると、人々は近江遷都を快くは思っておらず、遠回しに諌《いさ》める者や、童謡《わざうた》（政治や社会を風刺する歌）も多くあり、さらには、日夜火災が発生したとあります。

遷都の四年前には白村江《はくそんこう》（はくすきのえ）の戦いで、百済《くだら》の救援に向かった日本軍が、唐・新羅《しらぎ》の水軍に大敗しています。

複雑な政治情勢のなかで、近江遷都がうまく行きますように、と三輪の神に祈りを捧げたのでしょう。大神《おおみわ》神社では、今も「幸魂奇魂守給幸給《さきみたまくしみたままもりたまえさきはえたまえ》」という祈りの言葉を唱えます。


（鉄田憲男）

山の辺の道、向こうが三輪山（大神神社の神体山）

【歌碑】
所桜井市穴師879（景行天皇陵の南東、山の辺の道沿い）
交JR巻向駅下車徒歩約10分

弓月が嶽

三輪山の北東にある巻向山の最高峰

あしひきの山川《やまがは》の瀬《せ》の響るな《な》へに弓月《ゆつき》が岳《たけ》に雲立ち渡る

柿本人麻呂歌集（⑦一〇八八）

（原文）足引之　山河之瀬之　響苗尓　弓月高　雲立渡

（訳文）あしひきの山川の瀬音の響きが高くなるとともに、弓月が岳に雲が立ち渡っている。

柿本人麻呂歌集の中には、巻向山《まきむくやま》、痛足川《あなしがわ》、弓月が嶽など、巻向の地を詠んだ歌が多くあり、巻向歌群と呼ばれています。巻向山は、三輪山の北東にあり、その最高峰が弓月が嶽とされます。弓月は、由槻、斎槻とも書かれ、神聖な槻木を意味しています。頂上近くの台地は、「夏至《げし》の大平《おおだいら》」と呼ばれ、箸墓古墳から見て弓月が嶽に日が昇る時を夏至として、稲の生育祭がこの台地で行われていたようです。

巻向歌群の中で人麻呂は、巻向の地に隠した想い人に通う思いと、幼児を残して没した女性への思いを熱く歌っています。

私は、山の辺の道を歩いているときに、山から立ち昇る水蒸気を見て、昔の人々が、魂が天に昇っていくのを感じていた気持ちに共感した経験があります。

この歌は、同じ⑦一〇八七「痛足川川波立ちぬ巻向の弓月が岳に雲居立てるらし」という歌とセットです。

思い出深い巻向の地と、そこから離れていく想い人の魂を思うその悲しみが伝わります。

（宮下豊子）

西方から望む弓月が嶽と、立ちのぼる雲

【弓月が嶽（巻向山）】

所桜井市箸中519（展望可能な場所）。歌碑は桜井市箸中付近　交JR巻向駅下車徒歩約15分

巻向川（一）

巻向の里の夜、人麻呂は何を想ったのか

ぬばたまの夜《よる》さり来《く》れば巻向《まきむく》の川音《かはおと》高しも嵐《あらし》かも疾《と》き

柿本人麻呂歌集（⑦一一〇一）

（原文）黒玉之　夜去来者　巻向之　川音高之母　荒足鴨疾

（訳文）ぬばたまの夜がやって来ると、巻向川の川音が高く響くことだ。山おろしの風が激しいのだろうか。

「河を詠める」十六首の一つで、人麻呂自身が詠んだものと考えられます。人麻呂歌集には、巻向を詠んだ歌が多くあり、人麻呂が通う妻の家があったとの説があります。この歌も、巻向川の近くに泊まった人麻呂の「夜更けの実感」のように思われます。

黒玉《ぬばたま》は、ヒオウギという植物の黒い実のことで、その実のように漆黒の闇の中で、川の流れ

る音と激しい風の音を耳にして、人麻呂は何を想ったのでしょうか。私たちにも、夜中にふと目が覚めて、様々な想いが浮かぶことがあります。自然を描写しただけなのに、時を超えて人麻呂の心情が伝わる歌です。

巻向駅から南東方向に田畑の中を歩くと巻向川が流れる車谷《くるまだに》の集落に着きます。川から分かれた水が、家の前の水路をさわやかな音を立てて流れ、気持ちが和らぎます。

この辺りは、山の辺の道のハイキングコースで、万葉集や古事記・日本書紀にゆかりの場所を楽しみながら、のどかな風景の中を歩くことができます。（安井　永）

車谷の集落を流れる巻向川

【車谷の集落】
所 桜井市箸中396付近。歌碑は桜井市穴師1-1
交 JR巻向駅下車徒歩約30分

巻向川(二)

巻向山を水源とし、大和川に注ぐ川

巻向《まきむく》の山辺《やまへ》響《とよ》みて行《ゆ》く水の水沫《みなわ》のごとし世《よ》の人我《われ》は

柿本人麻呂歌集（⑦一二六九）

（原文）巻向之　山邊響而　往水之　三名沫如　世人吾等者

（訳文）巻向の山辺を鳴り響かせて流れて行く、川の水の泡《あわ》のようなものだ。この世の人である私たちは。

巻向山を水源とした巻向川は、痛足川《あなしがわ》とも言われています。この川の上流は、県道大和高田桜井線の道に沿い、龍王山の南側の穴師《あなし》の里《さと》のそばを流れています。川沿いには、桜の木が多く植えられており、春の散歩は最高です。

いわゆる巻向歌群には、引手《ひきて》の山、衾田《ふすまだ》などの地名が詠まれています。引手の山は龍王山で、衾田の辺りは山麓にある古代の埋葬地でした。人麻呂の想い人も、そこに葬られています。この歌も、想い人を失った悲しみから発しています。人の命の儚《はかな》さをどうどうと流れている川の水泡《みなわ》と感じています。

川の流れを、長く続く人類の歴史と感じ、その中に儚く生きそして消えていく一粒の水泡が、自分たちの人生ととらえることは、仏教にも通じるものを感じます。

この歌は、同じ⑦一二六八「児らが手を巻向山は常にあれど過ぎにし人に行き巻《ま》かめやも（亡くなった人のもとに行き、手枕《たまくら》をして寝ることができるだろうか）」という歌とセットです。

（宮下豊子）

箸中付近の巻向川の流れ

【巻向川（痛足川）】
所桜井市箸中396付近。歌碑は桜井市箸中367付近
交JR巻向駅下車徒歩約20分

檜原

檜原神社の地は元伊勢

古《いにしへ》にありけむ人も我《わ》がごとか三輪《みわ》の檜原《ひばら》に挿頭《かざし》折りけむ

柿本人麻呂歌集（⑦一一一八）

（原文）古尓　有險人母　如吾等架　弥和乃檜原尓　挿頭折兼

（訳文）昔にいたであろう人も、私たちのように三輪の檜原で、その枝葉を挿頭に手折ったことだろうか。

大神《おおみわ》神社から北へ、山の辺の道をたどって、狭井《さい》神社、玄賓庵《げんぴあん》を過ぎると、檜原神社に到着します。檜原神社は大神神社の摂社で祭神は天照大神《あまてらすおおみかみ》です。

素木《しらき》の三ツ鳥居から、三輪山を遥拝します。境内は玉砂利がきれいに掃き清められ、本殿も拝殿もない古代の神社の姿を今に伝えています。この地は、崇神《すじん》天皇の命により豊鍬入姫命《とよすきいりひめのみこと》が宮中から天照大神を遷し祀った笠縫邑《かさぬいむら》伝承地です。垂仁《すいにん》天皇の御代《みよ》に、倭姫《やまとひめ》命が伊勢にお遷しした後もこの神社で祀られていることから「元伊勢」といわれています。能「三輪」では「思へば伊勢と三輪の神、一体《いったい》分身《ふんじん》の御事《おんこと》」と謡われ、この地の由縁には意味深いものを感じます。

標柱《しめばしら》に大きな注連縄《しめなわ》を渡した鳥居から真西、春分・秋分の頃、二上山に沈む夕陽を一望できる景勝の地でもあります。

なお、鳥居を西に少し下ると井寺池《いでら》があります。この池の周囲では五基の歌碑（四基は万葉歌、一基は古事記歌謡）巡りが楽しめます。

（松浦忠利）

井寺池から三輪山を遥拝

【檜原神社】

所 桜井市三輪1330

交 JR三輪駅下車徒歩約30分

大和三山

三山の妻争い伝説によせた中大兄皇子の思い

香具山《かぐやま》は　畝傍《うねび》を愛《を》しと　耳成《みみなし》と　相争《あひあらそ》ひき　神代《かみよ》より　かくにあるらし　古《いにしへ》も　しかにあれこそ　うつせみも　妻を　争ふらしき

中大兄皇子《なかのおほえのおうじ》（①一三）

（原文）高山波　雲根火雄男志等　耳梨與　相諍競伎　神代従　如此尓有良之　古昔母　然尓有許曽　虚蟬毛　嬬乎　相挌良思吉

（訳文）香具山は、畝傍山をいとしく大切な山と思い、耳成山と互いに妻争いをした。神代からこうであるらしい。古い時代にもそうであるからこそ、今の世の人も妻を争うらしい。

この歌の題詞には「中大兄《なかのおおえ》の三山の歌」とあり、反歌には印南国原《いなみくにはら》（兵庫県）が歌われていることから、目の前に大和三山を見ての作ではなく、海路、印南国原の見える播磨《はりま》の海の船上で歌われたものと考えられます。日本書紀の斉明《さいめい》紀に、唐・新羅《しらぎ》の連合軍に追われた百済《くだら》を救援するため、斉明天皇七年（六六一）正月六日、難波を出航して天皇以下、筑紫へ向かったとあります。この歌は、その折に詠まれたと思われ、中大兄皇子（後の天智《てんじ》天皇）が歌った大和三山歌として有名な歌です。船団の中には、斉明天皇・中大兄皇子のほか、大海人《おおあま》皇子（後の天武《てんむ》天皇）、大田《おおた》皇女（大津皇子・大伯《おおく》皇女の母）、鸕野《うの》皇女（後の持統《じとう》天皇、草壁《くさかべ》皇子の母）などが乗船しており、額田王《ぬかたのおおきみ》も同行していました。

『播磨国風土記』に印南国原の地での三山相闘の説話があり、三山相闘の伝説ゆかりの地（印南国原）に至った時に、中大兄に故郷の三山を歌うきっかけを与えたのではないかと考えられます。

ただ、三山いずれが男山か女山かは原文の二句目「雲根火雄男志等」の解釈で諸説あります。「雄男志」を「雄々《をを》し」と読むと畝傍山は男山に、「を愛《を》し」と読むと畝傍山は女山になります。訳文では男山の香具山と耳成山が女山の畝傍山を争ったとしています。

中大兄の歌なら自分を主語にして詠むのが自然であり、「香具山（中大兄）は畝傍山（額田王）を愛し」と自らの思いを歌ったものと思います。中大兄と弟の大海人との間の額田王をめぐる三角関係の話とも結びつけ、壬申《じんしん》の乱に関連した歌としてとらえるのも面白いのではないでしょうか。

大和三山は大美和《おおみわ》の杜《もり》展望台から一望できます。中央にぽっこり浮かぶ山々で、右から耳成山、畝傍山、香具山です。また大和三山を間近に見るには藤原宮跡と甘樫丘《あまかしのおか》展望台があります。宮跡に立つと三山の真ん中にいることがわかり悠久の歴史を感じます。

（米谷　潔）

大美和の杜展望台からの大和三山。後方は金剛山・葛城山

【大美和の杜展望台】
所 桜井市三輪1422（大神神社）
交 JR三輪駅下車徒歩約15分

万葉集の象徴・大和三山

大和三山は万葉集に何回出てきて、原文ではどのように表記されているのでしょうか。

畝傍《うねび》山は大和三山の中では一番高い山で、万葉集には六回出てきます。原文では雲根火が一回、雲飛山も一回、畝火あるいは畝火之山が四回出てきます。「雲根」は雲の根っ子、つまり谷のことで、古代では雲は谷から湧き出てくるものと考えられており、「子を生む」母を意味するとの説があります。

耳成《みみなし》山は美しい円錐形の山で、万葉集には三回出てきます。中大兄《なかのおおえ》皇子の三山歌に耳梨で二回(反歌を含め)、藤原宮の御井の歌(①五二)では耳為と表記されています。「耳」は左右に揃っていており、耳梨という名は美しい円錐形の山が描き出す稜線を表しているという説があります。

香具《かぐ》山は大和三山の中では最も目立たない山容の山ですが、万葉集には題詞も含めて十六回と一番多く出てきます。原文では高山、香山、芳山、芳来山、香来山など様々な表記で九回、香具山という表記で六回、青香具山で一回詠われています。

また、大和三山すべてを織り込んでいる歌は、①一三と①五二です。

(米谷　潔)

大神神社

清々しい雰囲気が漂うわが国最古の神社

味酒《うまさけ》を三輪《みわ》の祝《はふり》が斎《いは》ふ杉手触《ふ》れし罪か君に逢《あ》ひ難《かた》き
丹波大女娘子《たにはのおほめのをとめ》（④七一二）

（原文）味酒呼　三輪之祝我　忌杉　手觸之罪歟　君二遇難寸

（訳文）味酒よ、その三輪の神官が大切に祈り守る神杉に手を触れた罪なのか、あなたに逢いがたいことだ。

三輪山をご神体とする大神神社《おおみわ》には、拝殿に向かって右手前にしめ縄が巻かれた立派な杉がありま す。三輪山のすべての杉を神官は大切に祝い奉《たてまつ》っています。特に拝殿前の杉は「巳《み》の神《かみ》杉《すぎ》」と呼ばれ、ご祭神の大物主大神《おおものぬしのおおかみ》が蛇神に姿を変えたという日本書紀の伝承から、蛇神は大神の化身として信仰され、神杉の祠《ほこら》には白蛇が出入りするということから卵が供えられています。

「その神杉のような高貴なあなたに恋をしたせいでしょうか」と逢えないことを嘆いています。身分違いの恋なのか、宴会の座興なのか、恋するがゆえの苦しい胸の内なのか、想像をかき立てられます。

崇神《すじん》天皇が大神に捧げるお神酒《みき》を一夜にして作らせ、宴を楽しんだという伝承から、「味酒」は三輪の枕詞《まくらことば》となりました。

朝一番に大神神社に参ると、境内の玉砂利はきれいに掃き清められ、神社の木々と相まって清々しい雰囲気が漂います。わが国最古の神社と伝わる大神神社は人々の信仰が厚く、朝早くからお参りされる信者さんの姿が見られます。

（清水千津子）

大神神社拝殿手前にある「巳の神杉」

【巳の神杉】

所 桜井市三輪1422（大神神社）

交 JR三輪駅下車徒歩約10分

海石榴市

男女が歌を交わした最古の市

紫《むらさき》は灰《はひ》さすものぞ海石榴市《つばきち》の八十《やそ》の衢《ちまた》に逢《あ》へる子や誰《たれ》

作者未詳（⑫三一〇一）

（原文）紫者　灰指物曽　海石榴市之　八十街尓　相児哉誰

（訳文）紫染めには、灰汁《あく》を入れるものだ。その灰にする椿の海石榴市の八十の巷《ちまた》で出逢ったあなたは、何という名か。

三輪山麓金屋地区にある海石榴市《つばいち》は古代の交通の要衝でした。東は泊瀬《はつせ》道、西は横大路、南は磐余《いわれ》道、北は山の辺の道が延びていました。また、近く初瀬川《はせがわ》が流れるここは、仏教伝来の地であり、隋からの使者を錺馬《かざりうま》で迎えた場所でもありました。

四方から人々が集まるこの地には、美しい椿の並木道があったのでしょうか、最古の市が立ち、海石榴市と呼ばれました。

この地は、歌垣《うたがき》の場としても有名です。春に豊作を祈り、秋に収穫を感謝する儀礼があり、その折、男女が歌を掛け合いました。男性陣から「あなたの名前は?」と問歌があり、女性陣からは「行ずりの知らない人には大切な名前は申せません」と答歌が続きます。名前を問うことは求婚を、その名前を答えることはそれに応じることでした。また、この歌のように機知に富んだ歌が好まれたようでした。現在は昔の賑わいはありませんが、海石榴市観音堂が地区の人々に大切に守られ、お堂の前はハイカーの休憩所となっています。(松浦忠利)

堂内には十一面観音立像・聖観音菩薩立像が安置される

【海石榴市観音堂】
所桜井市金屋544
交JR・近鉄桜井駅下車徒歩約25分

記紀万葉ゆかりの風景を歩く

奈良まほろばソムリエの会ガイドグループの一員として、山の辺の道のハイキングコースを案内しています。

大神《おおみわ》神社に参拝し、古事記にある大物主神《おおものぬしのかみ》のエピソードを語ったあと、大和三山の眺望を楽しみます。狭井《さい》神社、檜原《ひばら》神社と巡り、巻向川に沿って点在する柿本人麻呂の歌碑を味わいます。さらに歩くと奈良盆地の眺望が開け、景行天皇陵が見えてきます。

このように記紀万葉にゆかりの神社や遺跡を巡りながら、あわせて山麓からの眺望を楽しみ、のどかな里の風景に癒される、これが山の辺の道の魅力です。

この「山の辺の道歩き」に深い味を加える調味料が万葉集です。ハイキングコースに沿って、「海石榴市《つばいち》～三輪山～巻向川～石上《いそのかみ》」と、本書に取り上げた歌の舞台があり、歌碑があります。

歌に詠まれた山や川を目の前にして歌を観賞することで、万葉の風土を実感し、作者の心情に近づくことができます。

あわただしい日常を忘れ、記紀万葉の風景の中をゆっくりと歩けば、心豊かな一日を過ごすことができます。

（安井　永）

3 宇陀エリア

N
室生寺
卍
曽爾村
p.74
p.74
p.74
166
阿紀神社
大宇陀
かぎろひの丘万葉公園
宇陀市中央
公民館
宇陀川
高見山
東吉野村

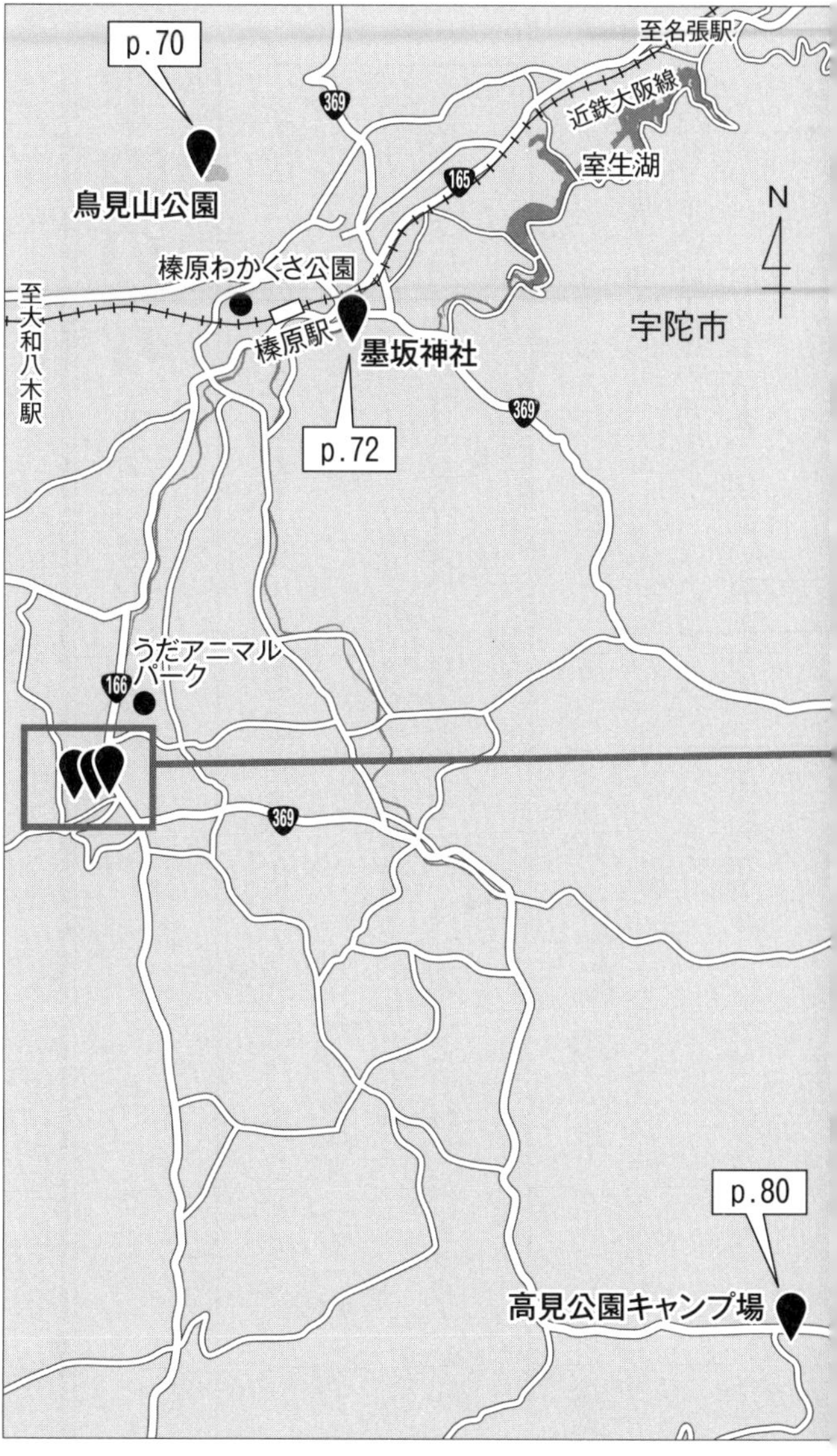
p.70
鳥見山公園
至名張駅
近鉄大阪線
369
165
室生湖
N
榛原わかくさ公園
至大和八木駅
榛原駅
墨坂神社
宇陀市
369
p.72
うだアニマルパーク
166
369
p.80
高見公園キャンプ場

宇陀の野

薬猟の地の鹿と秋萩

宇《う》陀《だ》の野の秋萩《あきはぎ》しのぎ鳴く鹿《しか》も妻に恋ふらく我《あれ》には益《ま》さじ
丹比真人《たぢひのまひと》（⑧一六〇九）

（原文）宇陀乃野之　秋芽子師弩藝　鳴鹿毛　妻尓戀樂苦　我者不益

（訳文）宇陀の野の秋萩を押し伏せて鳴く鹿とても、妻に恋うことは私には及ばないだろう。

日本書紀に、推古天皇十九年（六一一）五月、「菟田野《うたの》の薬猟《くすりがり》」の記載があります。男性は薬効の大きい鹿の角をとり、女性は薬草を摘みました。これらを食べることで聖なる力を持つと考えられ、宇陀は王権の猟場《りょうば》となっていました。

この歌は、丹比真人が、宇陀の鹿の角狩り行事にかり出された時に詠まれました。「宇陀の野」は、榛原《はいばら》から大宇陀の山野をさします。

萩は万葉集では、花として一番多い一四一首が詠まれています。万葉びとは、「萩は鹿の妻」という発想があり、「鹿が萩に恋をしている」と感じていたようです。狩猟の地として著名な宇陀の野の鹿と、秋萩を取り合わせた、秋の恋の創作歌であったかもしれません。

歌碑は、榛原わかくさ公園内にあり、近鉄榛原駅周辺も現在は住宅地ですが、鳥見山公園へ登ると、榛原のまちや宇陀の山野を見渡すことができ、当時の薬猟の様子が目に浮かんできます。

（松田雅善）

鳥見山公園から榛原方面を望む

【鳥見山公園】

所宇陀市榛原萩原2741-2

交近鉄榛原駅下車徒歩約50分

墨坂神社

日本最古とされる疫病退散の神

君が家《いへ》に我《わ》が住坂《すみさか》の家道《いへぢ》をも我《われ》は忘れじ命《いのち》死なずは

柿本人麻呂の妻　（④五〇四）

（原文）君家尓　吾住坂乃　家道乎毛　吾者不忘　命不死者

（訳文）あなたの家に私が住むという住坂の家への道も、私はけっして忘れない。命のある限りは。

この歌は、柿本人麻呂の妻が夫の住む住坂の家も決して忘れないと、夫への愛情を歌っています。歌碑は、墨坂《すみさか》神社の境内にあります。

住坂（墨坂）の故地は伊勢街道の西峠近く、天《あめ》の森あたりと伝えられ、各所に古い坂がみられます。「墨坂伝承地」石碑が立つ道は、すべり坂と呼ばれる趣のある小径です。

墨坂神社は、崇神《すじん》天皇が疫病を鎮《しず》めるために創建したと伝わる日本最古の「健康の神」墨坂大神を祀り、宇陀川の南岸に向井山を背にして鎮座しています。鮮やかな朱塗りの社殿と、神域の緑の森との調和が美しい古社です。

墨坂とは、大和宇陀に入り進軍を続ける神武天皇に対し、賊《ぞく》が炭火を焚いて防戦したのに由来すると伝わります。

境内の龍王宮に湧き出る「波動水《はどうすい》」は、清涼な水源に恵まれた宇陀の地にふさわしく、健康へと導いてくれる御神水として知られます。

（道﨑美幸）

宇陀川に架かる宮橋と向井山を背に鎮座

【墨坂神社】
所宇陀市榛原萩原703
交近鉄榛原駅下車徒歩約10分

宇陀

古くから薬猟が行われた阿騎野

長歌に続くこれら四首の短歌は、飛鳥の宮から東へ二〇キロ程の行程を経た薬猟《くすりがり》の地、阿騎野《あきの》（安騎野）で詠まれました。

安騎《あき》の野に宿る旅人《たびびと》うち靡《なび》き寝《い》も寝《ぬ》らめやも古《いにしへ》思《おも》ふに

柿本人麻呂（①四六）

（原文）阿騎乃野尓　宿旅人　打靡　寐毛宿良目八方　古部念尓

（訳文）安騎の野に宿る旅人は心をくつろげて寝入ることができない。過ぎ去った昔を思うと。

阿騎野とは中之庄遺跡《なかのしょういせき》のある人麻呂公園や阿紀神社のあたり一帯をさします。その中ほどにある「かぎろひの丘」に登ると視界は広がり、東方向は神武天皇東征の故地に通じ、南方向には吉野の山並みが見渡せます。

壬申《じんしん》の乱（六七二年）の際、大海人《おおあま》皇子（のちの天武《てんむ》天皇）一行が吉野から美濃に向かう途中、昼食を取られた菟田吾城《うだのあき》もこのあたりとされています。勝利をおさめた後六八〇年、天武天皇は草壁皇子を伴い菟田吾城に行幸されています。

またさかのぼること推古天皇十九年（六一一）、日本最初の薬猟がこの地で行われたと日本書紀に記されています。

古より阿騎野での薬猟には様々な意義があったと思われます。

奥が神社本殿。手前は「あきの蛍能」が行われる能舞台

【阿紀神社】

所 宇陀市大宇陀迫間252

交 近鉄榛原駅からバス「大宇陀高校前」下車徒歩約5分

ま草刈る荒野《あらの》にはあれど黄葉《もみちば》の過ぎにし君が形見《かたみ》とそ来《こ》し

柿本人麻呂（①四七）

（原文）真草苅　荒野者雖有　黄葉　過去君之　形見跡曽来師

（訳文）神の草を刈る聖なる荒野《あらの》ではあるが、黄葉のように散り過ぎていった君の形見の地としてやって来たことだ。

東《ひむがし》の野にかぎろひの立つ見えて返り見すれば月傾《かたぶ》きぬ

柿本人麻呂（①四八）

（原文）東　野炎　立所見而　反見為者　月西渡

（訳文）東の野の果てに曙光《しょこう》が射しそめるのが見える。振り返って見ると、西の空に月が傾きかかっている。

持統天皇六年（六九二）冬、柿本人麻呂は軽皇子（のちの文武天皇）に付き従い、三年前に亡くなった草壁皇子の舎人らとともに、阿騎野に赴きました。

軽皇子の祖母である持統天皇の思いを受けたであろう柿本人麻呂は、この丘に登り、東の方角に曙光《しょこう》（炎をけぶりとする説もある）を、西の空に沈みゆく月を見て、これらの歌を詠みあげます。

十歳の軽皇子には父と同じ地に立っていることを意識してもらい、臣下の人々や民衆には曙光のごとく軽皇子が天皇になるべき継承者であることをアピールしたであろうと思われます。

手前の歌碑から、西方のあずまやを望む

【大宇陀かぎろひの丘万葉公園】

所宇陀市大宇陀迫間25

交近鉄榛原駅からバス「大宇陀高校前」下車徒歩約5分

「ま草」は神の世界の草の意で、「形見」の地に宿ることでその霊力を受け継ぎ、「日の皇子」としての再生をはかろうとしたと解釈されています。

その「日並皇子《ひなみし》（草壁皇子）」の姿が今まさに出猟しようとする軽皇子と重なったのです。

日並皇子《ひなみしのみこ》の命《みこと》の馬並《な》めてみ猟《か》り立たしし時は来向《き》かふ

柿本人麻呂（①四九）

（原文） 日雙斯　皇子命乃　馬副而　御獦立師斯　時者来向

（訳文） 日並皇子の命が馬を連ねて猟りにお立ちになった、その時がいまやって来た。

持統天皇の、子や孫に込める熱い想いはいつの世も同じでしょう。

神聖な「阿騎野」の地で、持統天皇の意を察した柿本人麻呂が見事に歌い上げたことで、過去のような後継者争いを防げたのかもしれません。

この薬猟から五年の後、軽皇子は即位して文武天皇になります。

これらの歌が詠まれたとされる旧暦十一月十七日の夜明け前に「かぎろひを観る会」が催されます。

息が真っ白になるほど冷え込む早朝、雲一つない気象条件の下、夜明けの一時間ほど前になると東の山々の稜線が白んで薄いピンクに変わります。それが次第に何とも言えない美しい赤橙色に染まっていきます。この壮大な光のショーを「かぎろひ」と呼びます。自然の豊かさに恵まれた薬猟の地に身を置き、心身をリフレッシュさせてみませんか。

（松浦文子）

「阿騎野の朝」中山正實画（中央公民館大ホール壁画）

【宇陀市中央公民館】
所 宇陀市大宇陀中庄202
交 近鉄榛原駅からバス「大宇陀高校前」下車徒歩約5分

高見山

大和と伊勢を結ぶ古道にそびえる

我妹子《わぎもこ》をいざ見の山を高みかも大和《やまと》の見えぬ国遠《とほ》みかも

石上麻呂《いそのかみのまろ》（①四四）

（原文）吾妹子乎　去来見乃山乎　高三香裳　日本能不所見國遠見可聞

（訳文）わが妻をいざ見ようと思ういざ見の山が高いからなのかなあ、大和が見えないことよ。いやそれとも、国を遠く隔ててしまっているからなのかなあ。

いざ見の山は、奈良県と三重県の境にそびえる標高一二四九メートル《メートル》の高見山のことです。

この歌は持統《じとう》天皇六年（六九二）石上麻呂が伊勢行幸に従駕《じゅうが》したおりの歌です。経路は伊賀の名張、伊勢の関ノ宮、倭姫《やまとひめ》伝承地の度会《わたらい》を通り伊勢神宮へ。この旅でお供の官女たちが、嗚呼見《あみ》の浦（鳥羽市小浜《おはま》町）で船遊びしたことが①四〇に詠まれています。海を知らない大和の人は潮の香や、海原に浮かぶ三ツ島の絶景を見て疲れを癒やしたことでしょう。

「いざ」は「さあ！」と誘う言葉、「見る」には会うという意味もあります。

作者は、高見山の向こうにいる妻を思い、山がなければいいのに、早く妻に会いたいと、美しい山容さえもうらめしく、「何がいざ見る山だ」と皮肉っぽくつぶやいたのではないでしょうか。

今のような交通機関、通信手段のなかった時代に生まれた歌です。一度、スマホを横に置いて、万葉びとになった気分で、大切な人のことを思って、高見山を眺めてみませんか。

（友松洋之子）

高見公園キャンプ場から東の高見山を望む

【いざ見の山（高見山）】
所吉野郡東吉野村木津740（高見公園キャンプ場）
交車で西名阪自動車道 針ICから約30㌔（約30分）、または近鉄榛原駅から奈良交通バスと東吉野村コミュニティバス利用（詳細は同役場0746-42-0441まで）

わが国初の薬猟の地

万葉の時代、宇陀とはどのような土地だったのでしょうか。

日本書紀には推古天皇十九年(六一一)五月五日、わが国最初の薬猟《くすりがり》が行われたという記述があります。男性は鹿の角(鹿茸《ろくじょう》)を獲り、女性は薬草を摘みました。

宇陀が皇族の狩り場とされた理由は、自然の豊かさでしょう。豊富に生息する鳥獣、多種多様な薬草が繁茂することから、すでに五世紀後半には穴人部《ししひとべ》や鳥養部《とりかいべ》などの職業集団が宇陀に設置され、王権が宇陀を絶好の狩り場としていたことが知られています。寒暖差が大きく湿潤な気候のもとで育つ植物や、生息する動物から取れる鹿茸などの薬効が優れていたのでしょう。

当時の薬猟の様子を検証し描いた星薬科大学の壁画のレプリカが、宇陀市役所やかぎろひの丘の案内板に掲げられています。

薬草を大切に守り育ててきた人々の営みは、現代の製薬に大いに貢献することとなります。大宇陀にある森野旧薬園(現存する日本最古の私立植物園)や薬の館を訪れ、薬草によって健康を維持増進してきた歴史の歩みをたどってみませんか。

(松浦文子)

4 吉野エリア

N
津風呂湖
p.92
菜摘
p.88,90
吉野川
p.94
浄見原神社
p.100
宮滝遺跡
夢のわだ
櫻木神社
象山
p.96
三船山
喜佐谷の高滝
p.98
吉野町

N
p.86
美吉野橋
大和上市駅
吉野川
六田駅
近鉄吉野線
吉野神宮駅
至橿原神宮前駅
吉野神宮
吉野駅
千本口駅
吉野山ロープウェイ
吉野山駅
金峯山寺
青根ヶ峰
吉野水分神社
p.102

吉野川・六田の淀

川幅の広さと流れの早さに圧倒

音《おと》に聞き目にはいまだ見ぬ吉野川六田《よしのがはむつた》の淀《よど》を今日《けふ》見つるかも

作者未詳（⑦一一〇五）

（原文）音聞　目者未見　吉野川　六田之与杼乎　今日見鶴鴨

（訳文）噂に聞くだけで、この目にはまだ見なかった吉野川の六田の淀を、今日こそ見たことだ。

万葉時代の旅人は、大和盆地から峠を越え苦労して歩いて、吉野宮や道教思想の神仙境をめざして、吉野に来ました。その旅人がうわさに聞いていた憧れの吉野川を目の前にした時、盆地の川とは違うあまりの川幅の広さと流れの早さに圧倒され、感動したことでしょう。この歌から、その思いが強く伝わってきます。

平安時代に入り、醍醐寺《だいごじ》の開祖で、大峯山中興の祖と言われる理源大師聖宝《りげんだいししょうぼう》（八三二〜九〇九）がここに渡し場「柳の渡し」を開いたと伝わります。またここは吉野から大峯を経て熊野に至る世界遺産「大峯奥駈《おくがけ》道《みち》」に繋がる北の起点（順峰《じゅんぶ》の場合は終点）で、昔は山伏が水垢離《みずごり》をした場所でもあります。

今の美吉野橋《みよしのばし》は大正八年（一九一九）に架けられ、それまでは舟や徒歩で川越えをしていました。吉野川の上流、東の方を望めば遠くに秀麗《しゅうれい》な山容の高見山がそびえ、万葉の時代から現代にいたるまで旅人のランドマークになっています。

（亀田幸英）

六田の淀と美吉野橋。遠くに高見山を望む

【美吉野橋】

所吉野郡大淀町北六田

交近鉄吉野線六田駅下車徒歩約5分

宮滝遺跡（吉野離宮跡）（一）

六皇子「吉野の盟約」の舞台

よき人のよしとよく見てよしと言ひし吉野よく見よよき人よく見つ

天武天皇（①二七）

（原文）淑人乃　良跡吉見而　好常言師　芳野吉見与　良人四来三

（訳文）昔の良き人が良いところだとよく見て「良い」と言ったこの吉野をよく見るがいい。良き人もよく見たことだ。

万葉集に歌われる吉野は主に吉野離宮を中心とした一帯をさし、現在は、宮滝遺跡の場所が吉野離宮跡と推定されています。吉野宮滝の地は南方に象山《きさやま》や青根《あおね》ヶ峯を望み、目の前に吉野川が流れ、「聖地吉野、水の吉野」を象徴する場所となります。

日本書紀によれば、天武天皇らが吉野宮を訪問したのは天武天皇八年（六七九）五月五日。

そして翌六日には、草壁・大津・高市《たけち》・河島・忍壁《おさかべ》・芝基《しき》の六皇子が互いに助け合い結束を誓いあう「吉野の盟約」の儀式が行われたとされます。天武天皇がこの歌を通して六皇子と皇后に託した思い。その思いは、原文の中で使いわけられた「淑」「良」「吉」「好」「芳」「四来」の言葉の中にも隠されているのでしょうか。「盟約」が破られることを知っているが故に、この歌には何故か、悲しみも感じてしまいます。

皇后が持統天皇となった後も、幾度となく訪れた吉野の地。彼女にとっての吉野は多くの思い出がよみがえる、生涯最良の地であったに違いありません。（橋本　厚）

宮滝遺跡近くの吉野川河原に降り、下流を眺める

【宮滝遺跡】

所吉野郡吉野町宮滝

交近鉄大和上市駅からバス「宮滝」下車徒歩約5分

宮滝遺跡（吉野離宮跡）（二）

帝や大宮人に愛された山紫水明の地

山高《やまだか》み白木綿花《しらゆふはな》に落ち激《たぎ》つ滝《たぎ》の河内《かふち》は見れど飽《あ》かぬかも

笠金村《かさのかなむら》（⑥九〇九）

（原文）山高三　白木綿花　落多藝追　瀧之河内者　雖見不飽香聞

（訳文）山が高いので、白い木綿の花と見るまでに流れ落ちてはわき返る、この激流の河内はいくら見ても見飽きないことだ。

この歌は、養老七年（七二三）夏五月に元正《げんしょう》天皇が吉野離宮に行幸したときに詠まれた歌で、長歌一首と反歌二首がセットとなっています。氷高《ひだか》皇女（のちの元正天皇）は草壁《くさかべ》皇子の娘で、弟・文武《もんむ》天皇の急逝のあと、母・元明《げんめい》天皇を支え、その後自らも帝として重責を担ってきました。後継者である文武天皇の遺児・首《おびと》皇子（のちの聖武天皇）は立派に成長し、譲位の日も近い。宮廷歌人・笠金村は、久しぶりに天武天皇ゆかりの聖地である吉野を訪れ、皇統をつなぐ直前の宮廷の祝賀ムードを、美しい激流に託したと思われます。

吉野川の段丘上からは近年、元正・聖武期の吉野離宮と目される大型建物跡が発掘されました。離宮からは「落ち激つ滝」の音が聞こえていたことでしょう。

吉野歴史資料館からは、「山高み」と歌われた御船《みふね》山、象《きさ》山、青根ヶ峰の山々が望めます。

吉野町は宮滝遺跡の整備を計画中で、将来は一層鮮明に、万葉集の世界をイメージできそうです。

（西川浩司）

吉野川から上流左手の段丘上の離宮跡を見上げる

【宮滝遺跡】

所 吉野郡吉野町宮滝

交 近鉄大和上市駅からバス「宮滝」下車徒歩約5分

菜摘の川

清閑な川淀を楽しむ大宮人

吉野にある菜摘《なつみ》の川の川淀《かはよど》に鴨《かも》そ鳴くなる山陰《やまかげ》にして

湯原王《ゆはらのおほきみ》（③三七五）

（原文）吉野尓有　夏實之河乃　川余杼尓　鴨曽鳴成　山影尓之弖

（訳文）吉野の菜摘の川の川淀には鴨が鳴いているようだ。山の陰になっているところで。

吉野川は、宮滝の手前約二キロの所で大きく湾曲して流れを北から南に変えます。このあたりを菜摘（夏実《なつみ》）の川と呼び、その後宮滝に向けて西流します。

菜摘では、岩の間のところどころが淀をなしていることから、その語源を流れが滞ることを表す動詞「泥《なづ》む」が清音化したとする説があります。

宮滝にあった吉野離宮には、持統《じとう》天皇をはじめ六人の天皇が行幸しており、この歌は随行した時のものと考えられます。

菜摘大橋のあたりから西に宮滝方面を眺めると、三船山が目に入ります。

湯原王は、水が激しく流れる宮滝から、菜摘に来て対照的な清閑《せいかん》さに魅力を感じたことでしょう。その思いを写実的に詠んだのがこの歌です。

第四句の「なる」で鴨の姿が見えないことを表わし、第五句の「山陰にして」で具体的にいるだろう場所を示すことにより、空間を立体的に表現しています。


（池内　力）

菜摘大橋から西（下流）を望む。中央やや右奥が三船山

【菜摘の川】
所吉野郡吉野町菜摘
交近鉄大和上市駅からバス「菜摘」下車すぐ

夢のわだ

象の小川が吉野川に注ぐ深い淵

我《わ》が行《ゆ》きは久《ひさ》にはあらじ夢《いめ》のわだ瀬《せ》にはならずて淵《ふち》にしありこそ
大伴旅人《おほとものたびと》（③三三五）

（原文）吾行者　久者不有　夢乃和太　湍者不成而　淵有乞
（訳文）私の大宰府赴任も長いことではあるまい。吉野の夢のわだは瀬に変わることなく、淵のままであってほしいことだ。

この歌は、大伴旅人が大宰帥《だざいのそち》（大宰府長官）として九州に赴任していたときに、奈良や吉野を懐かしみ詠んだ「帥大伴卿《そちおおとものまえつきみ》の歌五首」のうちの一首です。吉野は、旅人が若き日に度重なる持統《じとう》天皇の行幸に従駕《じゅうが》した懐かしい土地です。旅人は大宰府の地においても、吉野・宮滝への思慕がひとしお強かったようです。「夢のわだ」は、象《きさ》の小川が吉野川にそそぐ淵です。「わだ」

は、水が流入する淵です。

ここは、私が犬養孝氏の万葉旅行で初めて訪ねた思い出の地です。目の前の美しい「夢のわだ」を眺めながら、岩に腰を下ろし、氏の情熱あふれる万葉歌の解説に聞き入りました。今もこの淵は浅瀬に変わることなく、青い淵のままです。

宮滝の柴橋の上から吉野川下流を見ると、急峻な岩壁沿いに淀む青い淵、象の小川からの白い水しぶき、河床に広がる奇岩が見え、絶景が広がります。

柴橋の上流には、大岩盤の間を静かに流れる青い淵が続き、古代より吉野川有数の景勝地です。


（世古　忠）

象の小川が水しぶきをあげ吉野川に注ぐ夢のわだ

【夢のわだ】
所吉野郡吉野町喜佐谷2-1
交近鉄大和上市駅からバス「宮滝」下車徒歩約10分

象谷（喜佐谷）　象の小川のせせらぎに、鳥の声が響き渡る

み吉野《よしの》の象山《きさやま》の際《ま》の木末《こぬれ》にはここだも騒《さわ》く鳥の声かも

山部赤人《やまべのあかひと》（⑥九二四）

（原文）三吉野乃　象山際乃　木末尓波　幾許毛散和口　鳥之聲可聞

（訳文）み吉野の象山の谷間の梢では、こんなにもさえずりあう鳥の声であることよ。

この歌は、長歌一首と反歌二首がセットになったうちの一首で、聖武天皇の吉野行幸のときに詠まれました。私はこの歌を中学の国語の授業で教わりました。吉野近くを通りかかったことがあり「ああ、あの辺りだな」とおおよその見当がつきました。吉野川の対岸には、吉野離宮跡があります。ずいぶんあとの学生時代になってから「当時の人々は、

鳥は現世と冥界《めいかい》を行き来できると信じていた」と知り、歌のイメージが深まりました。

吉野という地名に始まり、象山、谷間の梢、鳥と、大きい絵から小さい絵にズームインしていくさまは、まるで吉野の自然に吸い込まれていくような不思議な感覚を覚えます。

象谷《きさだに》には象の小川（喜佐川）が流れ、吉野川に注いでいます。暗い谷から流れ出る清流には、マイナスイオンを感じます。

小川の畔には櫻木《さくらぎ》神社があります。医薬の祖神である大己貴命《おおなむちのみこと》、少彦名命《すくなひこなのみこと》をお祀りし、悪疫《あくえき》退散の神社として広く信仰を集めています。

（鉄田憲男）

正面は象谷に鎮座する櫻木神社本殿。右に歌碑が立つ

【櫻木神社】
所吉野郡吉野町喜佐谷423
交近鉄大和上市駅からバス「宮滝」下車徒歩約10分

象の小川

喜佐谷の杉木立の中を流れる清流

昔見し象《きさ》の小川《をがは》を今見ればいよよさやけくなりにけるかも

大伴旅人（③三一六）

（原文）昔見之　象乃小河乎　今見者　弥清　成尓来鴨

（訳文）昔見た象の小川を今見ると、ますます清らかになっていることだ。

この歌は、長歌一首と反歌一首がセットとなった歌の反歌です。題詞には、聖武天皇の吉野離宮行幸に随行した際に天皇のお言葉を受けて作ったが、奏上には至らなかった、という旨が記載されています。長歌で吉野離宮を称え、この反歌では往時を回顧しつつ今の感慨に及んでいます。

象の小川とは、象山と三船山の間の喜佐《きさ》谷《だに》の杉木立の中を流れる渓流で、吉野離宮跡の対岸にあります。途中の「高滝」について、本居宣長《もとおりのりなが》は『菅笠日記《すががさのにっき》』で「いとおもしろし」とほめています。

旅人が持統天皇の行幸に随行した「昔」は二十代の若さでしたが、この歌を詠んだ「今」は六十代になっていました。「さやけし」には、視覚的に霊威を賛美する意味があります。象の小川を賛美し、それが益々清明になったと詠むことにより、統治者としての聖武天皇を賛美しています。

なお、宮滝から喜佐谷を登れば、約二時間で吉野水分《みくまり》神社に到着します。（池内　力）

登山口から約20分で、本居宣長がほめた高滝

【喜佐谷の高滝】

所吉野郡吉野町喜佐谷　交近鉄大和上市駅からバス「宮滝」下車登山口まで徒歩約30分

国栖

浄見原神社、国栖奏の翁が舞ういにしえの里

国栖《くにす》らが春菜《はるな》摘《つ》むらむ司馬《しま》の野のしばしば君を思ふこのころ

作者未詳（⑩一九一九）

（原文）國栖等之　春菜将採　司馬乃野之　數君麻　思比日

（訳文）国栖たちが春の若菜を摘んでいるだろう司馬の野ではないが、しばしばあなたを思うこの頃よ。

春の若菜摘みによせて、恋人を思って詠んでいます。吉野歴史資料館に歌碑が置かれています。国栖《くず》は、古事記や日本書紀に記された、皇室とゆかりの深いところです。特に壬申《じんしん》の乱（六七二年）の際、大友皇子と皇位継承争いを繰り広げていた大海人《おおあま》皇子が、ここに逃れたところ、国栖の翁《おきな》がかくまい助けました。戦いに勝利した大海人皇子は、飛鳥浄御原宮《あすかきよみはらのみや》で即位し

て、天武天皇となりました。

　天皇が祀られているのが、国栖の浄見原《きよみはら》神社です。吉野川右岸の参道を進んで行くと、静寂に包まれ霊気を感じます。神明鳥居の先の奥の断崖（和田巌窟《がんくつ》）に神明造一間社の小さな神殿が鎮まっています。川淵は「天皇淵」と呼ばれ、深緑色の水を静かにたたえています。

　毎年旧暦の一月十四日に国栖の翁の末裔の人々が、「翁の舞」とも呼ばれる「国栖奏《くずそう》」を神社の舞殿で奉納しています。

　また国栖郷は、手漉《てす》き和紙の吉野紙の里で、大海人皇子が紙作りを伝えたともいわれています。


（坂口隆信）

天皇淵の断崖の上に鎮まる浄見原神社

【浄見原神社】
所吉野郡吉野町南国栖1　交近鉄大和上市駅からバス「南国栖隧道口」下車徒歩約10分

吉野の水分山

水の配分と子授けの神

神《かむ》さぶる岩根《いはね》こごしきみ吉野の水分山《みくまりやま》を見れば悲しも

作者未詳（⑦一一三〇）

（原文）神左振　磐根己凝敷　三芳野之　水分山乎　見者悲毛

（訳文）神々しい岩根もごつごつとしたみ吉野の水分山を見ると、何とも感に堪えぬ思いがすることよ。

水分《みくまり》は、水配りの意です。吉野山は山々の総称で、最高峰である青根ヶ峰《あおねがみね》は、いわゆる分水嶺《ぶんすいれい》、まさに水分山です。周辺を恵みの水で潤《うるお》わせるこの山は、古代の人々にとって、素朴な驚異と感謝の対象であり、「神」を感じさせる存在だったことでしょう。

吉野水分神社は、青根ヶ峰から平安時代に上千本の現在地に遷座しました。最寄りである現存日本最古のロープウェイ吉野山駅から徒歩約九〇分ですが、ともに世界遺産「紀伊山地の霊場《れいじょう》と参詣道《さんけいどう》」を構成する金峯山寺《きんぷせんじ》や吉水神社、柿の葉寿司や吉野葛《よしのくず》を販売する商店など、つい立ち寄りたくなる場所が多いので、参拝の際はたっぷり時間をとることをお勧めします。

神社の楼門《ろうもん》をくぐると、拝殿《はいでん》、幣殿《へいでん》、本殿（すべて重文）がコの字型に並んでいます。これらは、豊臣秀吉の子授け祈願により誕生したとされる秀頼が再建したものです。桃山建築の美しさと、水の配分にとどまらず子宝をも司る水分の神のパワーを感じてください。

（吉田英弘）

中央と左右の三殿並立。中央は天之水分大神《あめのみくまりのおおかみ》を祀る

【吉野水分神社】
所吉野郡吉野町吉野山1612　交近鉄吉野駅からロープウェイ吉野山駅下車徒歩約90分

古代人の魂の異郷、神仙境

万葉集の吉野は、吉野離宮があった現在の吉野町宮滝周辺が中心です。

本書掲載の吉野の歌は九首、そのうち五首がこの地で詠まれていますが、それには理由があります。

宮滝では吉野川が東西に激しく流れ、対岸の南側に象山《きさやま》や三船山が聳《そび》えています。間にある喜佐谷には、杉木立の中を「象《きさ》の小川」が流れ、吉野川との合流地点には「夢のわだ」があります。

また明日香村栢森《かやのもり》から芋峠《いもとうげ》を経て吉野町龍門を通れば、宮滝に行き着きます。

古代人は、異郷に永遠の世界があると考え、自分たちの住む場所の近くに魂の異郷を求めました。古代人は、宮滝周辺を魂の異郷であり神仙境《しんせんきょう》としたのです。

ここに斉明《さいめい》天皇が、吉野離宮を造営しました。その後、この離宮で大海人《おおあま》皇子が武装蜂起して壬申《じんしん》の乱が始まったことから、天武朝の聖地となり、持統《じとう》天皇の三十一回をはじめ五人の天皇が行幸されました。ここで詠まれた万葉歌の多くは、天皇の行幸に随行した官人が、清らかな山水を誉《ほ》めることにより天皇を称《たた》えるものとなっています。

（池内　力）

5 飛鳥エリア

p.108
奈良文化財研究所飛鳥資料館
N
雷丘
山田寺跡
p.110
甘樫丘
飛鳥寺
奈良県立万葉文化館
飛鳥宮跡
(飛鳥浄御原宮跡)
酒船石
p.112,114
明日香村
川原寺跡
明日香村役場
卍岡寺
橘寺
島庄
p.116
p.118
p.120
石舞台古墳
細川
飛鳥川
朝風峠
p.124
男綱
p.126
飛鳥川の飛び石
稲渕の棚田
卍龍福寺
南淵請安墓
飛鳥川上坐宇須
多伎比売命神社
p.128
女綱
栢森

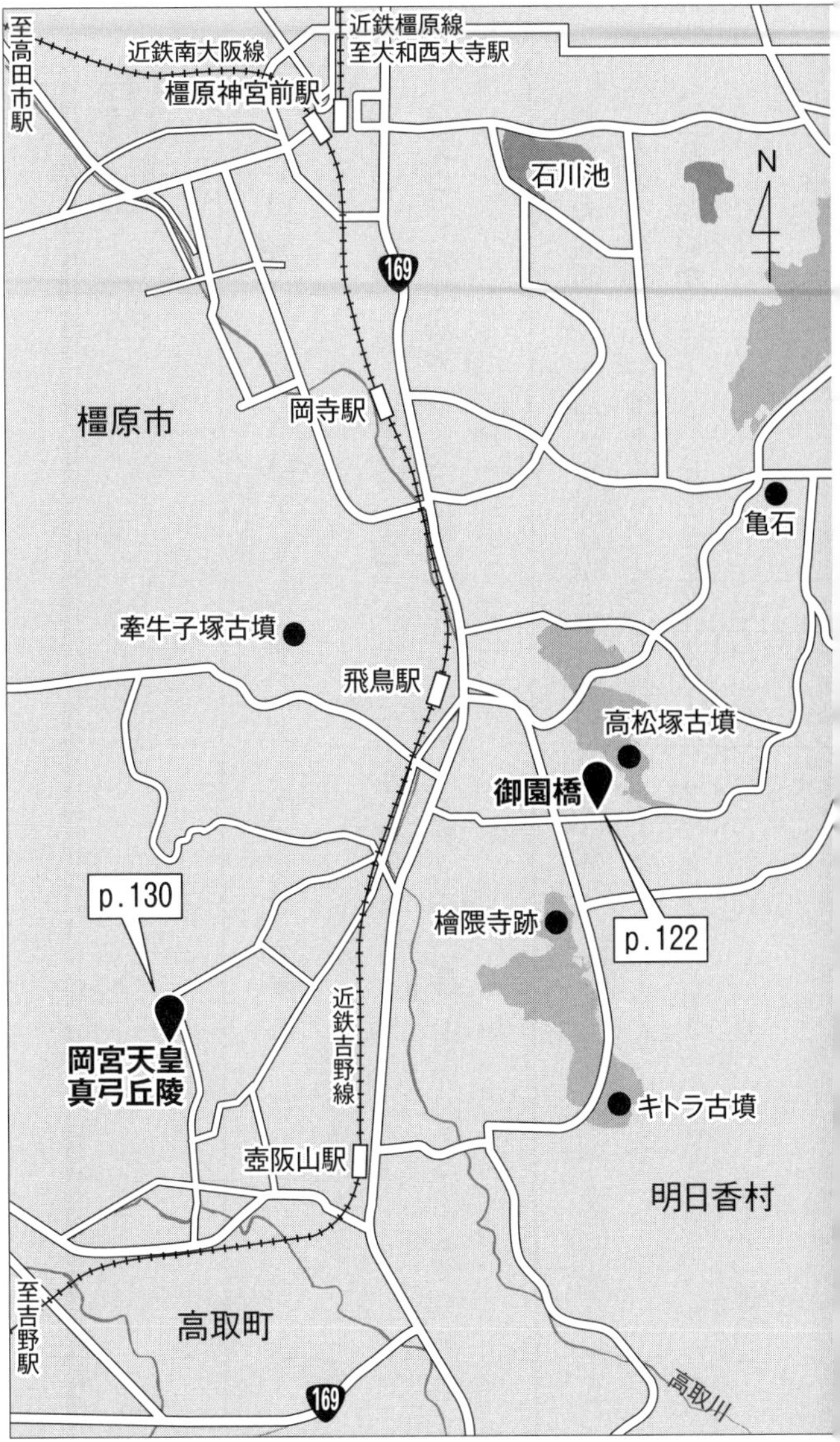

至高田市駅
近鉄南大阪線
近鉄橿原線
至大和西大寺駅
橿原神宮前駅
石川池
N
169
岡寺駅
橿原市
亀石
牽牛子塚古墳
飛鳥駅
高松塚古墳
御園橋
p.130
p.122
檜隈寺跡
岡宮天皇
真弓丘陵
近鉄吉野線
キトラ古墳
壺阪山駅
明日香村
至吉野駅
高取町
高取川
169

雷丘

雷神をとらえたという伝説の丘

大君《おほきみ》は神にしませば天雲《あまくも》の雷《いかづち》の上に廬《いほ》らせるかも

柿本人麻呂（③二三五）

（原文）皇者　神二四座者　天雲之　雷之上尓　廬為流鴨

（訳文）大君は神でいらっしゃるので、遥かな天雲の中に轟《とどろ》く雷のさらにその上に仮宿りをなさっておいでのことだ。

巻第三の巻頭歌です。持統天皇が雷丘《いかづちのおか》にお出ましになったときに、柿本人麻呂が詠みました。天皇を神格化し、雷神をも従えておられるわが大君よ、と讃えています。

雷丘とはいかに屹立《きつりつ》した丘かと想像しますが、さにあらず。高さ一〇メートル《メートル》の丘です。ただ古代の人々には聖なる丘でした。そして最も恐れられた自然現象が「厳《いか》つ霊《ち》」、つまり「神鳴《かみな》り」でした。

古来、落雷の多い場所で、『日本霊異記《にほんりょういき》』には、雄略天皇の命でこの丘に落ちていた雷神を家来の少子部栖軽《ちいさこべのすがる》が捉えて天皇の元へ連れ帰った。栖軽の死後、この丘に「雷を捉えた栖軽の墓」が作られ、今そこを雷丘と呼ぶと書かれています。

交通の要衝であり、中世には雷城《いかづちじょう》がありました。雷神が落っこち、天皇が立ち寄り、国人《こくじん》が物見をしたであろう丘。飛鳥の神奈備《かんなび》候補から雷丘は外れつつあります。けれど、この地を歩けば、やはり神話の舞台にふさわしい小さな美しい丘であると思われてきます。


（長谷川由美子）

真北の県道124号から雷丘を望む

【雷丘】
所高市郡明日香村雷138　交近鉄橿原神宮前駅・飛鳥駅からバス「飛鳥」下車徒歩約5分

真神の原

飛鳥寺周辺、今はのどかな田園風景

大口《おほくち》の真神《まかみ》の原に降《ふ》る雪はいたくな降りそ家《いへ》もあらなくに

舎人娘子《とねりのをとめ》（⑧一六三六）

（原文）大口能　真神之原尓　零雪者　甚莫零　家母不有國

（訳文）大きな口の真神、その真神の原に降る雪はひどく降るな。家もないというのに。

この歌は、藤原京遷都後、かつての飛鳥の中心地真神原が荒涼としていくなかに雪が降るわびしさを詠んでいます。「大口の」は枕詞で、「真神」は狼を神聖化した美称です。

真神原は、飛鳥寺（現・安居院《あんごいん》）付近の原で、今はのどかな田園風景が広がるばかりですが、千四百年前、すぐ南は宮都で、王宮やその関連施設が建ち並び、政治・文化の中心でした。

ここにわが国最初の本格的寺院飛鳥寺が建立された後、その南に舒明《じょめい》天皇の飛鳥岡《おか》本宮《もとのみや》が置かれました。以後、歴代天皇が継続して宮を置きました。

飛鳥寺で飛鳥大仏を拝して、西へ向かうと「槻《つき》の木の広場」がありました。南に向かうと、飛鳥京跡苑池《あすかきょうあとえんち》があり、さらに進むと都の中心部です。

石敷井戸跡の復原などの他には当時をしのぶよすがはありませんが、足下には遺構や遺物が眠っています。

万葉びとの心を震わせた山も丘も川もそのままです。采女《うねめ》の袖を吹き返す明日香風も吹いています。

（長谷川由美子）

真神原から東方の音羽山・多武峰を望む

【真神原（飛鳥寺周辺）】

所高市郡明日香村飛鳥682（飛鳥寺）　交近鉄橿原神宮前駅・飛鳥駅からバス「飛鳥大仏」下車すぐ

飛鳥浄御原宮（一）

明日香の里に降った大雪

我《わ》が里に大雪降《ふ》れり大原《おほはら》の古《ふ》りにし里に降らまくは後《のち》

天武天皇（②一〇三）

（原文）吾里尓　大雪落有　大原乃　古尓之郷尓　落巻者後

（訳文）わが明日香の里には大雪が降った。お前のいる大原の古びた里に降るのは、もっと後だろう。

天武天皇元年（六七二）の壬申《じんしん》の乱に勝利した大海人《おおあま》皇子は、飛鳥浄御原宮《あすかのきよみはらのみや》で天武天皇として即位されました。飛鳥の里に雪が降り積もる光景は、珍しかったようです。豊作をもたらす瑞《ずい》兆《ちょう》といわれる大雪を見て、天皇は大喜びされました。高まる気持ちを抑えることができず、すぐ近くの大原の里に住む藤原夫人《ふじわらのぶにん》に「大雪が降ったが、お前の古びた里にはまだ降らないだろう」と自慢げにからかいました。

小高い大原(現在は小原《おおはら》)の里から、宮殿に雪の積もった風景を見渡すことができたことでしょう。夫人は「私が岡の神様に頼んで降らせて貰った雪の欠片《かけら》が砕けてそちらに飛び散ったのですよ」と機知と愛情のこもったユーモアで切り返しました(②一〇四)。近い距離に住みながら、花鳥風月、ささいな自然の出来事を歌に詠んで贈り合う、きめ細やかな二人の愛情を感じます。

機会は少ないでしょうが、雪が降り積もった明日香の景色が、いかに素晴らしいものか、ぜひ体験してもらいたいと思います。

(前田昌善)

飛鳥宮跡から小原方面(左端後方)を望む

【手前は飛鳥宮跡(飛鳥浄御原宮跡)の復元遺構】
所高市郡明日香村岡
交近鉄飛鳥駅からバス「岡橋本」下車約5分

飛鳥浄御原宮(二)

宮跡遺構に激動の時代をしのぶ

大君《おほきみ》は神にしませば水鳥《みづとり》のすだく水沼《みぬま》を都《みやこ》となしつ

作者未詳 (⑲四二六一)

(原文) 大王者　神尓之座者　水鳥乃　須太久水奴麻乎　皇都常成通

(訳文) 大君は神でいらっしゃるので、水鳥が群がり騒ぐ水沼を都としてしまった。

この歌は、天武天皇元年(六七二)の壬申《じんしん》の乱平定後の歌二首として、大伴御行《おおとものみゆき》の「大君は神にしませば赤駒《あかごま》のはらばふ田居《たゐ》を都となしつ」(⑲四二六〇)とともに収められています。いずれも飛鳥浄御原宮《あすかきよみはらのみや》の造営は、天皇の神わざが成せるものと歌っています。この地は、舒明《じょめい》天皇が飛鳥岡本宮をおいて以来、飛鳥板蓋宮《いたぶきのみや》、後《のち》飛鳥岡本宮と、歴代の宮都とされてきた場所です。一時期、天智天皇が、近江大津京に都を遷しましたが、壬申の乱後、天武天皇が飛鳥に都を戻して築いたのが飛鳥浄御原宮です。

現地を歩くと、付属の祭祀施設と考えられる飛鳥京跡苑池の北池発掘調査状況などから、この周辺は水の湧き出る地形であったことがよくわかります。歌では、そのことを田居や水沼と表現したのでしょう。

この清らかな水の湧き出る霊威のある地、しかし都の造営には困難を伴う飛鳥の地を都に変えた天武天皇を神と讃え崇めた当時の人々の姿を、実際にこの地を歩くことでしのべることでしょう。（岡田充弘）

復元整備された飛鳥浄御原宮の石敷広場と大井戸跡

【飛鳥宮跡（飛鳥浄御原宮跡）の復元遺構】

所 高市郡明日香村岡

交 近鉄飛鳥駅からバス「岡橋本」下車徒歩約5分

橘寺

聖徳太子生誕地、太子建立七大寺の一つ

橘《たちばな》の寺の長屋《ながや》に我《わ》が率寝《ゐね》し童女放髪《うなゐはなり》は髪上《かみあ》げつらむか

作者未詳（⑯三八二二）

（原文）橘　寺之長屋尓　吾率宿之　童女波奈理波　髪上都良武可

（訳文）橘寺の長屋に私が連れ込んで寝た童女放髪の少女は、髪上げをしてしまっただろうか。

橘寺は、川原寺《かわらでら》跡（現・弘福寺《ぐふくじ》）の南に道を隔てたところにあります。もと用明天皇の別宮で、聖徳太子誕生の地と伝えられています。太子がここで勝鬘経《しょうまんきょう》を講じ終わったとき、蓮華降下や仏頭出現などの不思議な出来事が起こったことから、そこに寺を建てたと言われています。

飛鳥寺・川原寺・橘寺と、飛鳥京の中で瓦葺きの極めて豪華で贅《ぜい》を極めた堂塔を揃えた寺院が居並ぶ様子は、どれほど壮観で、人々の仏教への憧れをそそったことでしょう。

長屋（僧房）に誘い込んで床を共にした童女は、一人前の女性になったであろうか、とは、いささか穏やかでない歌です。厳《おごそ》かな寺の片隅で、本当に歌のような場面が展開したのか、これが現実の話なのかと思い巡らせてしまいます。

境内には、飛鳥時代の「二面石《にめんせき》」と呼ばれる不思議な石造物があります。人の心の善悪二相を表現したものだといわれています。仏を信仰する厳かな心と、この歌のように愛欲の煩悩にとらわれた心の二面を表わしているのでしょうか。

（箕輪成記）

多武峰の山々を背にした橘寺

【橘寺】
所 高市郡明日香村橘532
交 近鉄飛鳥駅からバス「川原」下車徒歩約5分

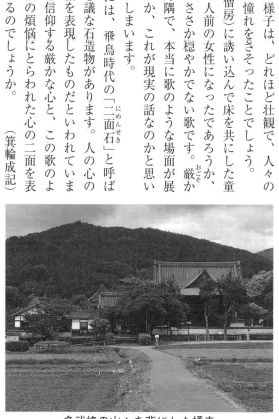

島の宮（島庄）

「島庄」は草壁皇子の宮殿跡

島の宮勾《まがり》の池の放《はな》ち鳥人目《ひとめ》に恋ひて池に潜《かづ》かず

柿本人麻呂（②一七〇）

（原文）嶋宮　勾乃池之　放鳥　人目尓戀而　池尓不潜

（訳文）島の宮の勾の池の放ち鳥は、人の目を恋しがって池に潜《もぐ》ろうともしない。

石舞台古墳の西側、現在駐車場になっている旧高市小学校跡地あたり（島庄《しまのしょう》）が蘇我馬子の邸宅跡とされ、その北側で邸内にあった庭園と方形の池が、発掘調査で見つかっています。

馬子は島を有した池のある庭園を築いたので、「嶋《しま》の大臣《おとど》」と呼ばれ、馬子の没後、草壁《くさかべ》皇子（日並皇子《ひなみし》）の宮殿となって、皇子は池に鳥を放し飼いしていたといわれています。

「人目に恋ひて」は人の目を恋しがって。皇子が生前愛した放ち鳥が、宮の様子から皇子の死を感じ取り、人恋しい様子をしていると詠みました。早世した草壁皇子を慕う人麻呂の心情がよく表れています。

島の宮は発掘調査の度に飛鳥川を挟む広い地域に広がり、今後の調査が楽しみです。遺跡は駐車場や田圃となって知る人も少なくなりましたが、そんな背景を知れば、興味が湧きでてくることでしょう。

石舞台古墳ばかりが目を引く足元に、蘇我馬子や草壁皇子の遺跡が眠ることを意識して、万葉びとの気持ちになって散策してみましょう。

（若林　稔）

駐車場（小学校跡）から北へ、方形の池があった辺り

【駐車場（旧高市小学校跡）】

所高市郡明日香村島庄

交近鉄橿原神宮前駅からバス「石舞台」下車すぐ

多武峰の山霧

細川のほとりから多武峰を望む

ふさ手折《たを》り多武《たむ》の山霧《やまぎり》繁《しげ》みかも細川《ほそかは》の瀬《せ》に波の騒《さわ》ける

柿本人麻呂歌集（⑨一七〇四）

（原文）捄手折　多武山霧　茂鴨　細川瀬　波驟祁留

（訳文）どっさり手折って枝もたわむ多武の山霧がひどくたちこめるからか、細川の瀬にしきりに波が立ち騒ぐことよ。

細川は、飛鳥川の支流で現在は冬野川《ふゆの》とよばれています。今も存在する細川という地名やバス停にもその名を残しています。

石舞台から多武峰方向に向かって、緩やかな上り坂を歩いて行くと、美しい曲線とほのかな段差がリズムを奏でる棚田と、その景色に溶け込むかのように人家が点在します。

さえずる鳥の声、川瀬の音、木立ちの隙間を縦横無尽にぬう光と風。まるで飛鳥時代が、そこに横たわっているかのような風景が広がります。

細川が飛鳥川にそそぐ祝戸《いわいど》あたりで、視点を上流の方へ移すと、谷の奥深く折り重なる多武峰の山並みが眼前に迫ります。

人麻呂の歌を通して、細川の水量や音の変化に呼応し、山容が瞬時に霧に包まれる様子を重ねてみます。

すると、恵みと畏怖《いふ》を感じながら、自然の変化に敏感に向き合ってきた飛鳥びとの生活までもが、絵のように浮かびあがってきます。

（藤井哲子）

前方に細川。後方は多武峰方面。

【細川と多武峰】

所高市郡明日香村細川
交近鉄飛鳥駅からバス「石舞台」下車徒歩約20分

檜前川

穏やかな飛鳥の里を流れる清らかな小川

さ檜《ひ》の隈檜《くまひ》の隈川《くまがは》の瀬《せ》を速み君が手取らば言寄《ことよ》せむかも

作者未詳（⑦一一〇九）

（原文）佐檜乃熊　檜隈川之　瀬乎早　君之手取者　将縁言毳

（訳文）檜前を流れる檜前川《ひのくま》の瀬が速いので、あなたの手を取ったら噂に言い立てるだろうか。

飛鳥駅周辺には、かつて渡来系氏族である東漢氏《やまとのあやうじ》一族の本拠地があり、広く檜隈《ひのくま》（檜前《ひのくま》）と呼ばれていました。この地を北に向かって静かに流れる川が、檜前川です。

誰からともなく流れる噂には、人の心を傷つけ恋を破綻させてしまったり、ときには追い風となって恋を成就に導いたりもする呪力があると考えられていました。

自分から男性の手に触れようとする大胆さと、噂になってしまうかしら、という淡い期待。川を渡る不安な気持ちのなかで、恋心が高まり、揺れているようです。

とっさに手を取る様子ながら、すべてをこの人とともにしたいという強い覚悟も感じられ、いつの時代も恋にひたむきな乙女心は変わらないことを教えてくれます。

高松塚古墳のそばのあぜ道から、穏やかな里山の景色を背景に清らかに流れる檜前川を眺めることができます。東漢氏の祖神を祀る於美阿志《おみあし》神社や、キトラ古墳に赴くときに少し寄り道して、古来のせせらぎに耳を澄ましてみませんか。

（梶尾　怜）

檜隈の里山を背景に流れる檜前川

【檜前川】

所 高市郡明日香村御園（御園橋）

交 近鉄飛鳥駅下車徒歩約15分

南淵山

飛鳥川源流のほとりの聖なる山

御食《みけ》向《む》かふ南淵山《みなぶちやま》の巌《いはほ》には降《ふ》りしはだれか消え残りたる

柿本人麻呂歌集（⑨一七〇九）

（原文）御食向　南淵山之　巌者　落波太列可　削遺有

（訳文）大君の食膳に供える蜷《みな》、その南淵山の大岩には、降った薄ら雪が消え残っているだろうか。

石舞台古墳の南側を流れる飛鳥川を遡《さかのぼ》ると稲渕《いなぶち》の集落へ出ます。集落の入り口に勧請縄《かんじょうなわ》の「男綱《おづな》」、上流の栢森《かやのもり》地区には「女綱《めづな》」が川の上にかけられています。この二つの綱は神聖なものとされ、五穀豊穣《ごこくほうじょう》と子孫繁栄を願って毎年一月に新しい綱にかけ替える「綱掛神事《つなかけしんじ》」が行われます。東側の山「南淵山」も神宿る山といわれ、稲渕にはこの山を御神体とする「飛鳥《あすか》川上坐宇須多岐比売命《かわかみにいますうすたきひめみこと》神社」があります。人麻呂はこの神聖な南淵山に降った雪を見て、歌を詠み弓削《ゆげ》皇子に献上したのです。

万葉集には数多くの雪の歌が詠まれています、万葉びとにとっても雪景色は格別のものだったのでしょうか、雪が降ったといって喜んで歌を詠み、愛した人の墓には降らないでおくれと詠んでいます。冬の明日香を歩けば人麻呂も見た雪化粧をした南淵山に出会えるかもしれません。

付近には、万葉集にも詠まれた石橋《いわはし》（飛鳥川にかかる飛び石）や中大兄皇子や中臣鎌足に影響を与えたと言われる儒学者「南淵請安《みなぶちのしょうあん》」の墓もあります。

（日野益博）

稲渕の朝風峠から見る南淵山。中央が飛鳥川

【稲渕地区】
所 高市郡明日香村稲渕
交 近鉄飛鳥駅からバス「石舞台」下車徒歩約25分

飛鳥川の飛び石

木の橋に替えて置かれた古代の石の橋

明日香川明日《あすかがはあす》も渡らむ石橋《いははし》の遠き心は思ほえぬかも

作者未詳（⑪二七〇一）

（原文）明日香川　明日文将渡　石走　遠心者　不思鴨

（訳文）明日香川を明日もまた渡ろう。その石橋の飛び石が間を隔てるように、間遠な心を抱くことなどありはしないことだ。

「日本の棚田百選」に選ばれた「稲渕の棚田」から神事で有名な男綱《おづな》のかかる雷《いかづち》橋を左に進むと、奥明日香の入口・稲渕《いなぶち》集落に入ります。「飛鳥川飛び石」の標識を目印に細道を下ると、川に渡された小さな橋と飛び石が見えてきます。橋のたもとには歌碑がひっそりとたたずみます。

万葉の時代、飛鳥川（明日香川）はたびたび氾濫したようで、木の橋をかけてもすぐに流されました。そのため大きい石を置いて橋の代わりにしたとか。その頃は川には何ヵ所も飛び石が置かれていたはずですが、今もはっきりと石橋が残っているのは二ヵ所だけ。
　万葉集には飛び石を詠んだ歌が数首あります。この歌がここで詠まれた確証はありませんが、飛び石から続く万葉時代そのままの草に覆われた小道を見ると、その先に住む女性に、明日もまた石を渡り会いに行こうという切ない思いが伝わってきます。
　春先から秋なら、裸足で水に触れるのもよし。また、川沿いに上流へたどると、女《め》綱《づな》の栢森《かやのもり》や天空の郷・入谷《にゅうだに》のディープな奥明日香が堪能できます。

（水上和之）

稲渕集落側からの景観。手前にある橋の袂に歌碑が立つ

【飛鳥川の飛び石】

所 高市郡明日香村稲渕

交 近鉄飛鳥駅からバス「石舞台」下車徒歩25分

飛鳥川

日本の原風景を今も映す清流

明日香川川淀《あすかがはかはよど》さらず立つ霧《きり》の思ひ過ぐべき恋にあらなくに

山部赤人《やまべのあかひと》（③三二五）

（原文）明日香河　川余藤不去　立霧乃　念應過　孤悲尓不有國

（訳文）明日香川の川淀を離れずずっと立ちこめている霧のように、たやすく思いを消し去れるような慕情ではないことよ。

この歌は長歌と対になった短歌です。高取山《たかとりやま》に源を持つ飛鳥川の上流には、川の両岸に肩を寄せ合うようにして栢森《かやのもり》、稲渕《いなぶち》の集落があります。正月に魔除けとして川に掛けられた男綱《おづな》、女綱《めづな》、橋の代わりの飛び石、秋にはヒガンバナが縁取る棚田など、日本の原風景のような土地です。飛鳥川は石舞台古墳の横を流れ甘樫丘《あまかしのおか》の麓に至ります。丘に登ると、明日香村が一望できます。この十地で古代の歴史は始まりました。大陸や朝鮮半島から仏教とともに新しい文化が伝わり、これからの時代への期待に人々は胸を膨らませたのではないでしょうか。

持統天皇八年（六九四）都は藤原京へと移されます。人々はその後も希望に満ちていた明日香を懐かしみました。この歌はなかなか消えない飛鳥川の霧にたとえて、明日香への断ちがたい郷愁を歌っています。

明日香村には遺跡が多く残されています。田んぼの中に何げなくたたずんでいることもあります。自転車で巡ると思わぬ出会いがあるかも知れません。（森屋美穂子）

正月に魔除けとして飛鳥川に掛けられた女綱

【飛鳥川の女綱（栢森）】

所高市郡明日香村栢森

交近鉄飛鳥駅からバス「石舞台」下車徒歩約40分

岡宮天皇陵

長屋の原から飛鳥古京を振り返る

飛ぶ鳥の明日香《あすか》の里を置きて去《い》なば君があたりは見えずかもあらむ

元明天皇《げんめいてんのう》（①七八）

（原文）飛鳥　明日香能里乎　置而伊奈婆　君之當者　不所見香聞安良武

（訳文）飛ぶ鳥の明日香の里を後に残して行ってしまったら、あなたのいらっしゃるあたりは見えなくなってしまうのだろうか。

和銅三年（七一〇）三月に都は藤原京から平城京へ移ります。元明天皇は一か月前の二月藤原京を出発、中ツ道《なかつみち》を通って平城京へ向います。途中の長屋の原（天理市西井戸堂町付近）にて休息をとったときに、明日香を振り返って詠まれたのがこの歌なのです。

藤原京から見えていた明日香も、長屋の原まで来ると見ることはできません。長く住み慣れた明日香を離れることに、天皇は心を痛められたのでしょう。この歌の「君があたり」はどこをさすのでしょうか。明日香全体か、それとも夫の草壁《くさかべ》皇子の墓か、若くして亡くなった子の文武《もんむ》天皇の墓か。

草壁皇子は、父が天武《てんむ》天皇、母は天智《てんじ》天皇の娘・鸕野讃良《うののさらら》皇女（のちの持統《じとう》天皇）で、将来は天皇の地位を約束された人でしたが、体が弱く二十七歳で亡くなりました。

天皇に即位する夢はかないませんでしたが、死後「岡宮《おかみや》天皇」の尊称が贈られ、飛鳥と紀伊国を結ぶ古道「紀路」沿いの真弓《まゆみ》丘陵《おかのみささぎ》（高取町森）に眠っています（陵墓を束明神古墳とする説もある）。（日野益博）

飛鳥と紀伊国を結ぶ古道「紀路」沿いの岡宮天皇陵

【岡宮天皇真弓丘陵】
所 高市郡高取町森
交 近鉄壺阪山駅下車徒歩約20分

甘樫丘「ホテル建設」を歌碑で阻止

万葉学者・犬養孝氏は飛鳥をこよなく愛し、中でも甘樫丘《あまかし》がお気に入りでした。「甘樫丘の上が、飛鳥をはじめとして、大和国原一帯の景観を一つに収約できる位置にあることはいうまでもない。(中略)戦後まもないころまでは、まだ甘樫丘に登り道はなかった。わたくしは、学生のころ、まさに木の根、草の根をわけてひとり丘の上に立ち、木の間から三山を眺め、村の物音に耳傾けるのをたのしみにしていた」(『万葉 花・風土・心』)。

私は最近になって岡本三千代さん(犬養万葉記念館館長・本書ご推薦者)から、犬養氏が揮毫《きごう》された歌碑の第一号は甘樫丘中腹の歌碑(「采女《うねめ》の袖吹きかへす明日香風…」①五一 本書146ジペー)で、それはこの丘に八階建てのホテルを建てるという計画を阻止するためだった、という話をうかがって驚きました。

歌碑は昭和四十二年(一九六七)に建立され、おかげでホテルの建設計画は白紙に戻ったのだそうです。

犬養氏は明日香村保存特別措置法の立法に尽力したことでも知られていますが(本書160ジペー)、歌碑を開発の防波堤にされていたとは、素晴らしいアイデアでした。(鉄田憲男)

6 橿原エリア

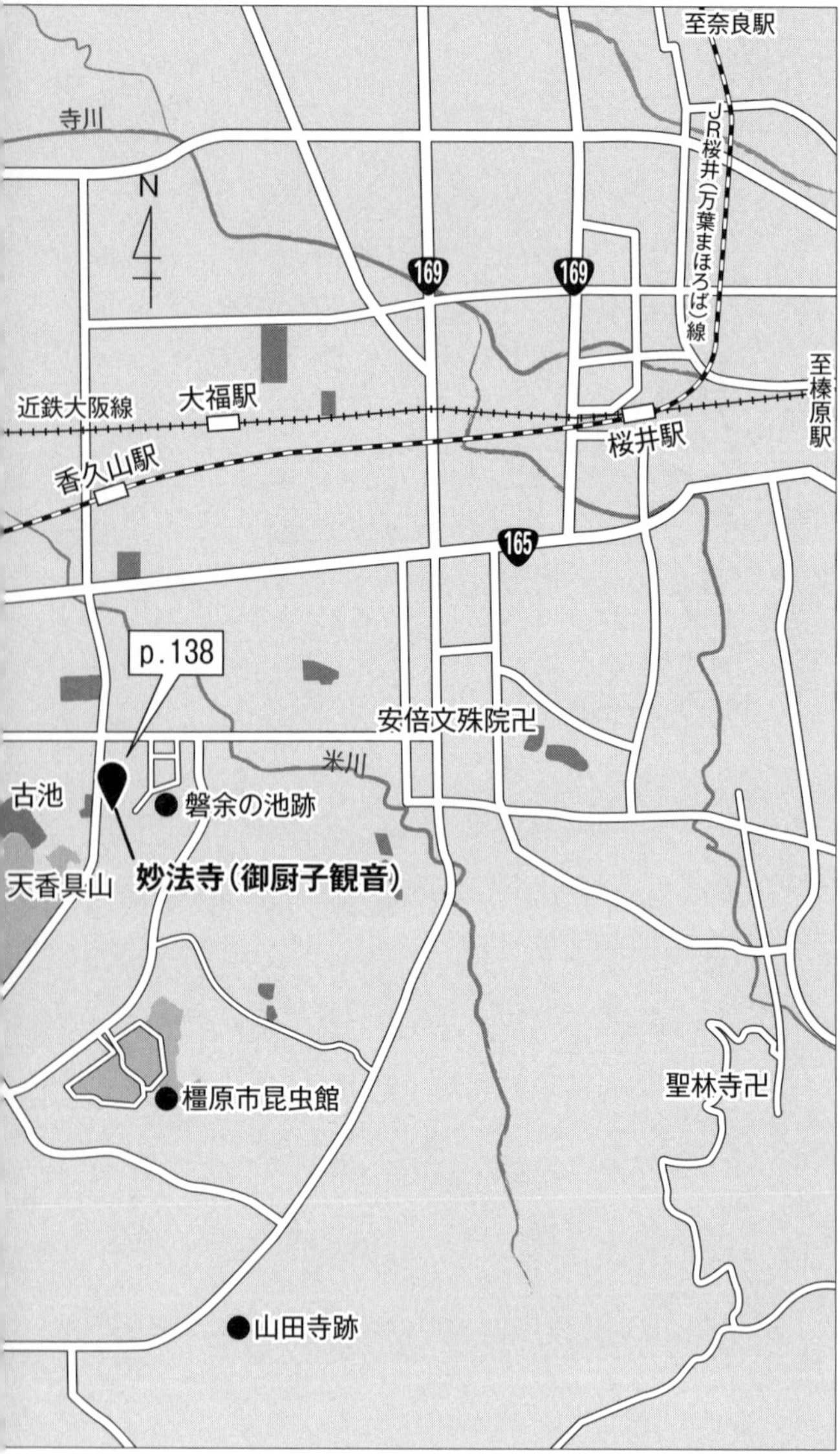
至奈良駅
寺川
N
JR桜井（万葉まほろば）線
169
169
至榛原駅
近鉄大阪線
大福駅
桜井駅
香久山駅
165
p.138
安倍文殊院卍
米川
古池
磐余の池跡
天香具山
妙法寺（御厨子観音）
聖林寺卍
橿原市昆虫館
山田寺跡

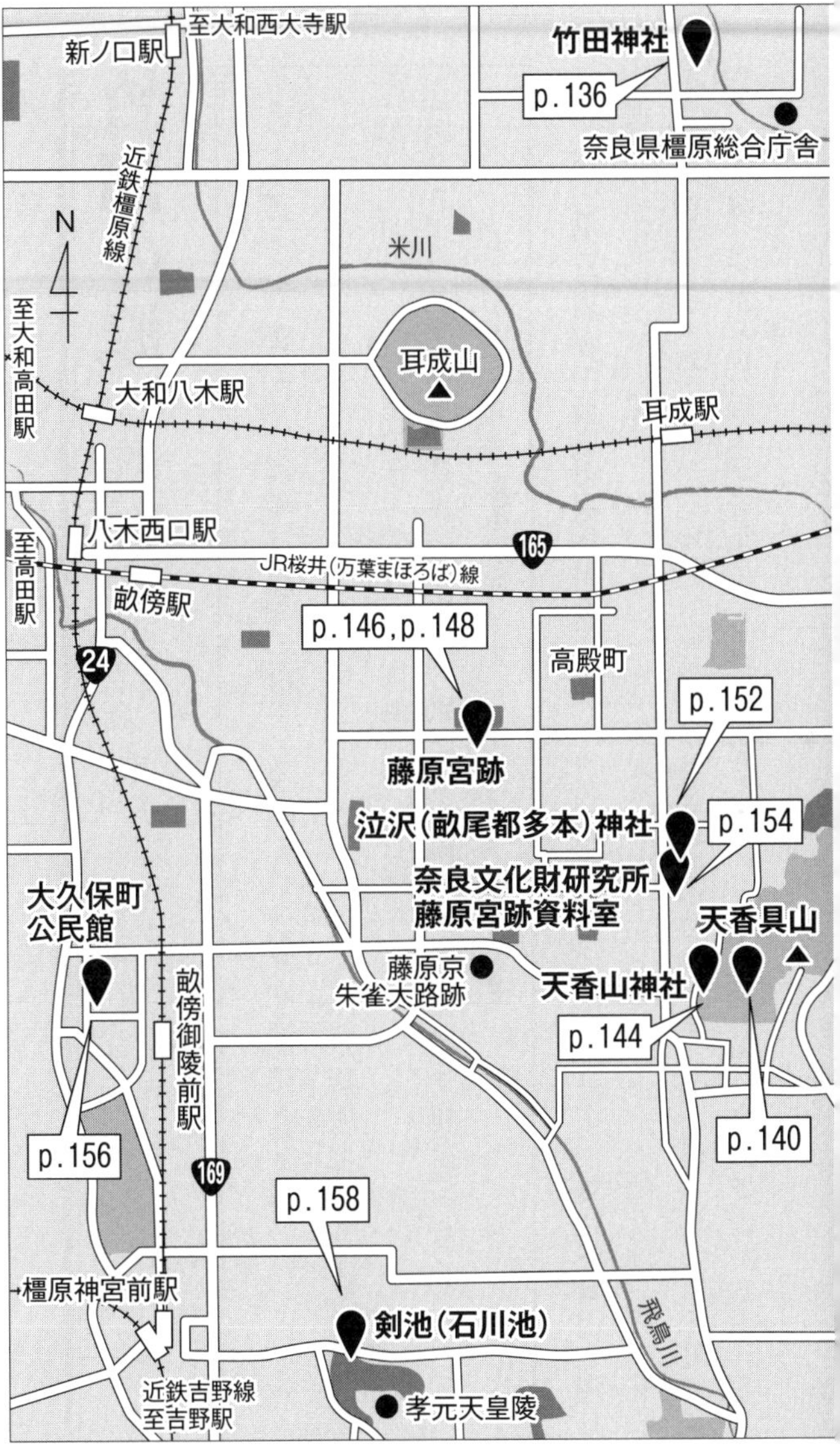
至大和西大寺駅
新ノ口駅
竹田神社
p.136
奈良県橿原総合庁舎
近鉄橿原線
N
米川
至大和高田駅
耳成山
大和八木駅
耳成駅
八木西口駅
165
至高田駅
JR桜井（万葉まほろば）線
畝傍駅
p.146,p.148
高殿町
24
p.152
藤原宮跡
泣沢（畝尾都多本）神社
p.154
奈良文化財研究所
藤原宮跡資料室
大久保町
公民館
天香具山
藤原京
朱雀大路跡
天香山神社
畝傍御陵前駅
p.144
p.140
p.156
169
p.158
橿原神宮前駅
剣池（石川池）
飛鳥川
近鉄吉野線
至吉野駅
孝元天皇陵

竹田の原

佐保の自宅に残して来た娘への一首

うち渡す竹田の原に鳴く鶴《たづ》の間《ま》なく時なし我《あ》が恋ふらくは

大伴坂上郎女《おほとものさかのうへのいらつめ》（④七六〇）

（原文） 打渡　竹田之原尓　鳴鶴之　間無時無　吾戀良久波

（訳文） ずっと遠くまで見渡せる竹田の原に鳴く鶴のように、絶え間なくいつものことだ。私がお前を恋しく思うのは。

「竹田の原」は現在の橿原市東竹田町あたりで、寺川に沿って南に耳成山、東に三輪山を望む田園地帯が広がっています。かつてここに大伴氏の荘園がありました。坂上郎女は一族の家政を守る主婦として、鶴の飛び来る秋の収穫期に訪れ荘園の管理に携わっていました。平城の佐保の家に残して来た娘の大嬢《おおおとめ》を気遣い、鶴の鳴き声にたとえて詠んだ、母の愛情があふれる歌です。坂上郎女は、女手ひとつで娘大嬢らを育てながら、異母兄の大伴旅人《たびと》にも仕えて、母親代わりとして幼い甥《おい》の大伴家持《やかもち》を養育し、和歌の手ほどきもしたといわれています。家持はその後、大嬢を妻にして、坂上郎女は姑《しゅうとめ》という立場にもなりました。

坂上郎女は、万葉集最大の女性歌人で、万葉集に八十四首収められています。

歌碑は、竹田神社境内と竹田の原橋のたもとの計二ヵ所にあります。県橿原総合庁舎の屋上庭園から北側にかつての竹田庄の位置が見渡せます。屋上には、家持が坂上郎女に贈った歌などを紹介するガラススクリーンも設置されています。　（小野哲朗）

奈良県橿原総合庁舎屋上から見渡した「竹田の庄」あたり

【竹田神社】

所 橿原市東竹田町495

交 近鉄大和八木駅からバス「東竹田町」下車すぐ

磐余の池

古代に作られた幻の池

百伝《ももづた》ふ磐余の池に鳴く鴨《かも》を今日《けふ》のみ見てや雲隠《くもがく》りなむ

大津皇子《おほつのみこ》（③四一六）

（原文）百傳　磐余池尓　鳴鴨乎　今日耳見哉　雲隠去牟

（訳文）百にたどり至る磐余の池に鳴く鴨を今日ばかり見て、私は雲の彼方《かなた》へ隠れてしまうのだろうか。

「磐余《いわれ》池をつくる」と日本書紀の第十七代履中《りちゅう》天皇紀に出ています。谷川を堤でせき止めたダム式の池でした。池は桜井市池之内から橿原市東池尻の辺りにあったようですが、後世に干拓され水田となりました。平成二十三年（二〇一一）に池の堤が発掘され、その場所がほぼ確定されました。近くに御厨子《みずし》神社と御厨子観音妙法寺があり、境内から磐余の池の跡が見下ろせます。寺の入口に歌碑があり、付近には古代天皇の宮跡が多く伝承されています。

大津皇子は天武天皇の皇子ですが、天皇崩御《ほうぎょ》の直後に謀反の罪で捕えられ、皇后（後の持統天皇）から死を命じられました。池の北方の邸宅で二十四歳の命を絶ちますが、妃の山辺《やまのべ》皇女は裸足で駆けつけ殉死しました。その時に詠まれた歌で、鴨と雲に無念の気持ちを託した辞世の歌です。奈良時代の漢詩集『懐風藻《かいふうそう》』にも、大津皇子は死に臨《のぞ》んだ漢詩を残しています。また姉・大伯《おおく》皇女が、大津皇子をしのんだ哀調を帯びた秀歌（本書166㌻）が万葉集にあります。

（橋本篤実）

御厨子観音参道、石灯篭越しに磐余の池跡の水田が見える

【御厨子観音妙法寺】
所 橿原市東池尻町420
交 JR香久山駅下車徒歩約15分

天香具山(一)

聖なる山で国見をした舒明天皇

大和《やまと》には　群山《むらやま》あれど　とりよろふ　天《あめ》の香具山　登り立ち　国見《くにみ》をすれば　国原《くにはら》は　煙《けぶり》立ち立つ　海原《うなはら》は　鷗《かまめ》立ち立つ　うまし国そ　蜻蛉島《あきづしま》　大和の国は

舒明天皇　(①二)

(原文)山常庭　村山有等　取與呂布　天乃香具山　騰立　國見乎為者　國見波　煙立龍　海原波　加萬目立多都　怜㦛國曽　蜻嶋　八間跡能國者

(訳文)大和には多くの山があるが、神の降臨する天の香具山、その頂に登り立って国見をすると、国原には炊煙がしきりに立ち上がり、海原には鷗《かもめ》がさかんに飛び翔《かけ》っている。ああ、満ち足りたよい国だ。蜻蛉島大和の国は。

頭に「天」の字が付く香具山は、『伊豫国《いよのくに》風土記逸文《いつぶん》』によりますと「伊與《いよ》の郡《こおり》…倭《やまと》に天加具山《あめのかぐやま》あり。天より天降りし時、二つに分れて、片端は倭の国に天降り、片端は此の土《くに》に天降りき。因《よ》りて天山《あめやま》と謂《い》ふ」と伝承され、大和三山の中で最も神聖な山です。

周辺には、占いの神を祀る「天香山《あまのかぐやま》神社」、天照大御神《あまてらすおおみかみ》がお隠《こも》りになった「天岩戸《あまのいわと》神社」、伊《い》邪那岐命《ざなきのみこと》の涙から生まれた泣沢女神《なきさわめのかみ》を祀る「畝尾都多本《うねおつたもと》神社」、神武東征物語に登場する「埴土《はにつち》の聖地」などなど、古事記・日本書紀ゆかりの伝承地が豊富です。

畝傍《うねび》山が建国の伝承と関わりがあるのに対し、香具山は神話や占いとの結び付きが強いです。

また山中に点在するパワースポット「月の誕生石」「蛇《じゃ》つなぎ石」「月の輪石」など、不思議な伝説を持つ謎の石が訪れる人の興味をそそりますし、山の東側に広がる万葉の森には多くの万葉歌碑が立てられ、散策に最適です。

標高一五二メートルの香具山に登るコースは多数ありますが、そのひとつ西側の観光トイレのあるところから急な坂道を一〇分足らず登りますと、大和盆地を望む見晴らしの良い場所に着きます。そこにはこの万葉歌の歌碑が立ち「国見の丘」と呼ばれています。舒明《じょめい》天皇が国見をしたのは、この場所だったのでしょうか。

昔は「春に山入りし、自分たちの国を誉め称えることによって、その年豊作がもたらされる」と信じられていました。このような考え方を「言霊《ことだま》信仰」といいます。言葉にも魂があると考えられていたのです。

国見は稲作が本格的に始まる弥生時代から行われていた予祝《よしゅく》行事です。当初は各地の小国のリーダーが担いましたが、やがて国家が統一される時代になりますと、それは天皇の行事となりました。

なお、日本書紀には神武天皇が即位後、腋上《わきがみ》の嗛間丘《ほほまのおか》に登って国見をしたことが記されています。

（木村三彦）

国見の丘から耳成山方面を望む

【天香具山中腹　国見の丘】
所橿原市南浦町　交近鉄畝傍御陵前駅または近鉄耳成駅下車徒歩約40分またはJR香久山駅下車徒歩約50分

『大和山河抄』

山本健吉氏(一九〇七～一九八八)は文芸評論家で、古典から現代に至までの日本文学を追究し、独自の批評世界を開拓しました。氏の著作『大和山河抄』は神社仏閣ではなく、自然や風景を紹介した大和紀行です。

序文には「古代の大和びとが歩いた道を私もたどり、古代の大和びとが目にしたものを私も見て、彼等の喜びや悲しみや怖れや憤りに、直接触れてみたいのである。彼等と私どもとの心の交通に、風景がどの程度に役立つか、試してみたいのである」。

最終章には「四度ばかり大和を訪れた。いずれも短い日程だったが、万葉集に詠まれた土地の名を、できるだけ実地に即して考え、あわせて、万葉びとの感情や思想に迫る一助にしたいという考えがあった。(中略)万葉集の歌を味わうには、やはり文献だけを頼りにしていては、心もとないところがある」。

本書『奈良万葉の旅百首』は万葉びとが歩いた道を読者に歩いていただき、万葉びとが見た風景を想像していただくことを願い、制作しました。本書を手にして、万葉びとの喜怒哀楽に思いを至していただければ幸いです。

(鉄田憲男)

天香具山（一）

大和三山の一つ、古来崇められた聖なる山

春過ぎて夏来《きた》るらし白栲《しろたへ》の衣《ころも》干《ほ》したり天《あめ》の香具山《かぐやま》

持統天皇（①二八）

（原文）春過而　夏来良之　白妙能　衣乾有　天之香来山

（訳文）春が過ぎて夏がやって来たらしい。真っ白な衣を干している、天の香具山。

標高わずか一五二メートルの小高い丘にすぎない天の香具山ですが古来、天から降ってきた山として、唯一「天の」と名付けられ、特別な聖なる存在として崇められてきました。天皇もこの山に登り、その年の秋の豊穣を予祝《よしゅく》する国見《くにみ》儀礼を行うことを重要な行為と捉えていました。

日本最初の本格的都城である藤原京（新益京《あらましのみやこ》）へ遷都後に、持統天皇が藤原宮の高殿《たかどの》あたりか

ら、初夏の麗しい香具山を眺めて歌ったであろうと考えられています。

古代の人々は、新しい季節は神が連れて来るものと考えていました。

今日でも、この地に立って、歌を口ずさんでみると、ふと、香具山の裾野あたりに、夏の神事のための巫女の忌み衣《いごろも》である「白栲の衣」が初夏の陽の光をキラキラと反射させて、周囲の新緑に映える光景が浮かび、神の息吹に触れるかのような気持ちに襲われます。

藤原宮大極殿跡の北にあたる醍醐池のほとりに、犬養孝氏揮毫《きごう》の歌碑が立っています。


（岡田充弘）

正面が天香具山。手前に大極殿院閤門《こうもん》の復元列柱

【天香具山】
所 橿原市南浦町（天香山神社）
交 JR香久山駅または近鉄耳成駅下車徒歩約30分

明日香・藤原京

藤原京から明日香古京をしのぶ

采女《うねめ》の袖《そで》吹きかへす明日香風都《あすかかぜみやこ》を遠《とほ》みいたづらに吹く

志貴皇子《しきのみこ》（①五一）

（原文）婇女乃　袖吹返　明日香風　京都乎遠見　無用尓布久
（訳文）采女の袖を吹きひるがえす明日香風、今は都も遠くなったので空しく吹くことだ。

明日香を代表する歌の一つです。采女は、天皇・皇后の側近で、日常の雑事に従った女官です。各地の豪族たちが子女を献上したことに始まるといわれます。彼女たちの服装は、色鮮やかで美しく、その袖が風にひるがえる様子は、さぞきらびやかだったことでしょう。

この歌が詠まれたのは、明日香から藤原京へと都が遷った後のことでした。藤原京は持統《じとう》天皇八年（六九四）に完成したわが国初の本格的都城です。都が遷《うつ》り今はもうそこにいない采女たちのことを思い描きながら、風だけが変わらずむなしく吹いていると表現しています。藤原京と明日香は歩いて約一時間以内の場所ですが、距離ではなく時間的・心情的な遠さを表現したようです。

　志貴皇子は、万葉集を代表する歌人です（本書272ページ）。天智天皇の第七皇子ですが、壬申《じんしん》の乱には関与せず、その後も政権の中枢には加わらず文化の道に生きました。息子の白壁王《しらかべおう》が晩年に光仁《こうにん》天皇として即位した際、春日宮天皇と追尊され奈良市須山町に陵があります。

（梶原光惠）

藤原宮跡。手前は朝堂院南門跡、後方は大極殿院閤門《こうもん》跡

【藤原宮跡から耳成山を望む】

所 橿原市醍醐町（藤原宮跡）

交 近鉄耳成駅下車徒歩約20分

藤原宮の御井

常に清水が湧き出る神聖な井戸

やすみしし　我《わ》ご大君《おほきみ》　高照《たかて》らす　日の皇子《みこ》　荒栲《あらたへ》の　藤井《ふぢゐ》が原に
大御門《おほみかど》　始めたまひて　埴安《はにやす》の　堤《つつみ》の上に　あり立たし　見《め》した
まへば　大和《やまと》の　青香具山《あをかぐやま》は　日の経《たて》の　大御門に　春山と　茂《し》み
さび立てり　畝傍《うねび》の　この瑞山《みづやま》は　日の緯《よこ》の　大御門に　瑞山と
山さびいます　耳成《みみなし》の　青菅山《あをすがやま》は　背面《そとも》の　大御門に　よろしなへ
神《かむ》さび立てり　名くはし　吉野《よしの》の山は　影面《かげとも》の　大御門ゆ　雲居《くもゐ》
にそ　遠くありける　高《たか》知るや　天《あめ》の御陰《みかげ》　天《あめ》知《し》るや　日の御陰の
水こそば　常《とこしへ》にあらめ　御井《みゐ》の清水《しみづ》

作者未詳（①五二）

（原文）八隅知之　和期大王　高照　日之皇子　麁妙乃　藤井我原尓　大御門　始賜而　埴安乃　堤上尓　在立之　見之賜者　日本乃　青香具山者　日經乃　大御門尓　春山跡　之美佐備立有　畝火乃　此美豆山者　日緯能　大御門尓　弥豆山跡　山佐備伊座　耳為之　青菅山者　背友乃　大御門尓　宜名倍　神佐備立有　名細　吉野乃山者　影友乃　大御門従　雲居尓曽　遠久有家留　高知也　天之御蔭　天知也　日之御影乃　水許曽婆　常尓有米　御井之清水

（訳文）あまねく国土を支配なさるわが大君、高く照り輝く日の皇子《みこ》は、荒栲の藤井が原の地に、新たに朝廷をお始めになり、埴安の池の堤の上にいつもお立ちになってご覧になると、大和の青々とした香具山は、日の経《たて》である東の大御門に、春山そのものと茂り立つ姿を見せている。畝傍のこの瑞々しい山は、日の緯《よこ》である西の大御門に、瑞々しい山そのものと鎮まっている。耳成の青菅に覆われた山は、北の大御門にいかにもふさわしい姿で神々しくも聳《そび》えている。その名も霊妙な吉野山は、南の大御門から雲居の彼方に遠く連なっている。高々と統治なさることよ、天の霊威に満ちた宮殿、天高く支配なさることよ、日の霊威に溢れた宮殿の、その水こそは永遠に尽きないだろう。この御井の清水は。

特別史跡藤原宮跡は、春は菜の花、秋はコスモスが咲き乱れる広大な史跡公園として保存され、人々の憩いの場になっています。持統《じとう》天皇八年（六九四）から和銅三年（七一〇）まで栄えたわが国最初の本格的都城が藤原京です。

ほぼ一キロ四方の宮の中央には北から内裏《だいり》、大極殿《だいごくでん》、朝堂、朝集殿が整然と並んでいました。現地に立ちますと、約千三百年前の様子を思い浮かべることができます。さらに宮の周囲は条坊制と称する碁盤目状の道路が施工され、約五キロ四方の都が造られました。

持統・文武《もんむ》・元明《げんめい》と三代の天皇が国のまつりごとを司り、この地は当時日本の首都でした。

この歌は藤原宮の中にあった、常に「清冽な水が湧き出る」御井《みい》の様子を藤原京が永遠であることの象徴として讃《たた》えた格調高い歌です。

平城遷都の翌年、火災により消失したと伝えられる藤原宮は、江戸時代にはその場所すら不明になっていました。

所在地をめぐっては明日香村の小原もその候補地のひとつでしたが、この歌の内容からして藤原宮は「東に香具山、西に畝傍山、北に耳成山、そして南に吉野山」があったことがわかり、大和三山の真ん中に所在したと考えられていました。

唯一地上に残っていた高殿町の大宮土壇が宮跡だとの説がありましたが、昭和九年(一九三四)からの発掘調査の結果、大極殿跡だと判明、その後の調査で藤原宮の全貌が次第にわかって来ました。

現在、御井の所在は不明ですが、いつの日か発見されることを願っています。

(木村三彦)

藤原宮跡。左手前の森は大極殿跡

【藤原宮跡(大極殿跡)】所橿原市醍醐町 交近鉄耳成駅下車徒歩約25分または近鉄畝傍御陵前駅下車徒歩約40分またはJR香久山駅下車徒歩約50分

泣沢神社

延喜式内社・畝尾都多本神社に比定

泣沢《なきさは》の神社《もり》に神酒《みわ》据ゑ祈れども我《わ》ご大君《おほきみ》は高日《たかひ》知らしぬ

檜隈女王《ひのくまのおほきみ》（②二〇二）

（原文）哭澤之　神社尓三輪須恵　雖禱祈　我王者　高日所知奴

（訳文）泣沢の神社に神酒《みき》を捧げて祈るのだが、わが大君は天高く日を支配なさってしまわれた。

泣沢神社は、香具山北西の橿原市木之本町に鎮座する延喜式内社・畝尾都多本《うねおつたもと》神社に比定《ひてい》されています。祭神は泣沢の女神で、古事記神話では、伊邪那美命《いざなみのみこと》が火の神を産んで亡くなった際に、夫である伊邪那岐命《いざなぎのみこと》がその死を嘆いた涙から生まれたのが泣沢の女神と言われています。伝説では、この女神に祈れば命が蘇《よみがえ》ると信じられていました。

この歌は、高市《たけち》皇子と関係が深かったと思われる檜隈女王が「埴安《はにやす》の御門《みかど》」で亡くなった皇子を悼《いた》んで生命復活の女神に祈ったけれども、皇子は蘇る事なく神となって天上世界に去ってしまった、という嘆きの歌です。

畝尾都多本神社は、藤原宮跡資料室の建物の北に接する森の中にあります。

鳥居をくぐって境内中央に進むと、南面して拝殿があり、その奥に玉垣に囲まれたご神体の井戸が祀られています。

この神社は、神秘的な泣沢の女神のパワーが強く感じられる場所です。

（亀田幸英）

畝尾都多本神社拝殿。奥に玉垣に囲まれたご神体の井戸がある

【畝尾都多本神社】
所 橿原市木之本町114
交 近鉄耳成駅下車徒歩約20分

埴安の池

高市皇子の死を悲しむ舎人たち

埴安《はにやす》の池の堤《つつみ》の隠沼《こもりぬ》の行方《ゆくへ》を知らに舎人《とねり》は惑《まと》ふ

（原文）埴安乃　池之堤之　隠沼乃　去方乎不知　舎人者迷惑

（訳文）埴安の池の、堤に囲まれたその隠沼の水の流れ行く先が知れないように、身の処し方も知れぬまま舎人たちは途方に暮れていることだ。

柿本人麻呂（②二〇一）

この歌は、柿本人麻呂が持統《じとう》天皇十年（六九六）七月十日に崩じた高市《たけち》皇子の城上《きのへ》の殯宮《あらきのみや》（もがりの場）の時に詠んだ挽歌《ばんか》で、長歌とセットになった短歌三首のうちの一首です。長歌は、百四十九句という万葉集中最大の長歌で、高市皇子の古代最大の内乱・壬申《じんしん》の乱での活躍や、持統天皇治下での太政大臣《だじょう》として国政にあたったことなどを中心に詠まれています。

高市皇子の宮は「香具山宮」の名のとおり天香具山周辺にあり、「城上の殯宮」は諸説ありますが、北葛城郡広陵町周辺に設けられたと考えられています。皇子に仕えていた舎人たちが、主人の死を悲しみ途方にくれる様子を、埴安の池の堤に囲まれた出口のない「隠沼」にたとえています。

「埴安の池」は、現存していませんが、橿原市の畝尾都多本《うねおつたもと》神社付近、あるいは奈良文化財研究所藤原宮跡資料室と天香具山山麓の間付近にあったと考えられています。現地を訪れて、当時の舎人たちの悲しみを感じてみられてはいかがでしょうか。

(大山恵功)

奈良文化財研究所藤原宮跡資料室の南側

【埴安の池跡の候補地の一つ】 所 橿原市木之本町94-1（奈良文化財研究所藤原宮跡資料室） 交 近鉄大和八木駅からバス「木之本町」下車徒歩約10分（土日祝は、「奈良文化財研究所藤原宮跡資料室」下車すぐ）

娘子塚（桜児塚）

悲しい娘子の伝承を伝える

春さらば挿頭《かざし》にせむと我《あ》が思《も》ひし桜の花は散りにけるかも

作者未詳（⑯三七八六）

（原文）春去者　挿頭尓将為跡　我念之　櫻花者　散去流香聞

（訳文）春になったら折り取って挿頭にしようと私が思っていた桜の花は、散ってしまったことだなあ。

この歌の題詞に、桜児《さくらこ》という娘をめぐって二人の男性が命がけで争った話が記されています。娘は「二人の心を鎮めるには死ぬしかない」と林の中に入り、自ら命を断ちました。二人の男は嘆き悲しんで、それぞれ歌を作りました。

その一首がこの歌で、次の歌（⑯三七八七）は「妹が名に懸《か》けたる桜花咲かば常にや恋ひむいや年のはに（桜が咲いたら毎年毎年、恋しく思うだろうか）」というものです。

桜児の墓と伝わる娘子塚《おとめづか》は、畝傍《うねび》山東麓の橿原市大久保町にあります。

小さな囲みに、ミカンの木が一本植えられています。かつてこの娘子塚をはさんで西には黄金《こがね》塚、東には宿禰《すくね》塚という塚があって、それらは二人の男の墓であったともいわれていますが、実態は不明です。

歌碑と説明版は、古代から中世に実在した大窪寺（現・国源寺《こくげんじ》）の旧境内地とされる大久保町公民館敷地内にあります。地域で大切に守り語り伝えられています。

（寺田麻美）

二首の歌の説明板と娘子塚の解説板

【大久保町公民館】

所 橿原市大久保町405-3

交 近鉄畝傍御陵前駅下車徒歩約5分

軽の池（剣池）

石川池に歌碑、畔には孝元天皇陵

軽《かる》の池の浦廻《うらみ》行《ゆ》き廻《み》る鴨《かも》すらに玉藻《たまも》の上《うへ》に独《ひと》り寝《ね》なくに

紀皇女《きのひめみこ》（③三九〇）

（原文）輕池之　汭廻往轉留　鴨尚尒　玉藻乃於丹　獨宿名久二

（訳文）軽の池の曲がり込んだ岸辺に沿って行きめぐる鴨でさえも、玉藻の上に一人で寝るのではないのに。

この歌は、万葉集の中では、譬喩《ひゆ》（比喩）歌《か》すなわち「ある事物を直接的に表現するのではなく、他の事物によって暗示的に表現する方法」で作られた歌に分類されています。池の鴨でさえも対《つい》で寝ているのに私は一人…、という逆説的表現で独り寝のやるせない気持ちを嘆いています。作者・紀皇女は、天武天皇の娘ですが、記録がほとんどありません。

万葉集に弓削《ゆげ》皇子からの相聞歌《そうもんか》があり、また高安王《たかやすのおおきみ》と恋仲であったという説もあります。里中満智子『天上の虹』では軽皇《かる》子(文武《もんむ》天皇)の妃《きさき》として描かれています。

真相は不明ですが、いずれにしても恋多き波乱に満ちた一生を送った人のようです。紀皇女が鴨の姿を見た池は特定されていませんが、橿原市の剣池(現・石川池)に歌碑があります。

池越しに、孝元《こうげん》天皇陵や多武峰《とうのみね》に連なる山々の美しい風景が眺められます。飛鳥散策の折には、池を眺めながら古代のロマンに思いをはせてみてください。

(磯村洋一)

孝元天皇陵と一体になった剣池(石川池)からの遠望

【剣池(石川池)】
所 橿原市石川町
交 近鉄橿原神宮前駅下車徒歩約10分

国の始まり飛鳥・藤原京は心の故郷

飛鳥・藤原京の時代約百二十年間は、文明を持つ国の始まりであり、その舞台でもありました。渡来人から土木、建築やものづくりの先進技術が伝わり、律令に基づく国造りが進められました。古代人の生活の匂いを感じる史跡や自然が、あちこちに残っています。

飛鳥の歴史的風土で思い出すのは、昭和五十五年(一九八〇)に制定された明日香村保存特別措置法です。飛鳥を愛する漢方医・御井《みい》敬三《けいぞう》氏の思いを松下幸之助氏が時の佐藤首相に伝え、首相自身が飛鳥を訪問、犬養孝氏などの保存運動もあり、歴史的風土の保全と住民の生活向上をめざす法が制定されました。

本書掲載の飛鳥・藤原京の歌二十二首は多種多様です。山や川、恋人などへの思いや、心からの哀傷の歌が多くあります。天武天皇と藤原夫人《ふじわらのぶにん》との雪をめぐってのユーモラスな掛け合いの歌もあります。持統天皇の女帝らしく爽やかで安定した世を歌った有名な香具山の歌も魅力的です。

橿原神宮に歌碑のある上皇后美智子さまの歌「遠つ世の風ひそかにも聴くごとく樫の葉そよぐ参道を行く」から、古代と現代がつながっているのだと実感します。

(小野哲朗)

7 葛城・御所エリア

近鉄大阪線
至大阪上本町駅
至王寺駅
香芝駅
広陵町
万葉歌碑
屯鶴峯
駐車場
p.164
二上山駅
近鉄下田駅
至近鉄南大阪線古市駅
二上神社口駅
五位堂駅
築山駅
二上山
鳥谷口古墳
p.166
大和高田駅
当麻寺駅
高田駅
至大和八木駅
至奈良駅
當麻寺
磐城駅
JR桜井線
尺土駅
高田市駅
JR和歌山線
葛城市
至橿原神宮前駅
近鉄新庄駅
屋敷山公園
大和新庄駅
p.168
大阪府
忍海駅
葛城山ロープウェイ
近鉄御所線
葛城登山口駅
近鉄御所駅
御所駅
御所I.C.
葛城山上駅
葛城山
JR和歌山線
p.170
葛城坐一言主神社
御所南I.C.
水越峠
309
p.176
御所市
至王寺駅
高天寺橋本院
史跡巨勢寺塔跡
至橿原神宮前駅
金剛山
葛城川
吉野口駅
p.172
春日神社
JR和歌山線
近鉄吉野線
p.174
至五条駅
至吉野駅

至王寺駅
五條北I.C.
北宇智駅
N
p.178
奈良カントリークラブ
JR和歌山線
荒木神社
p.180
五條I.C.
京奈和自動車道
大和二見駅
五条駅
和歌山県
吉野川
五條西I.C.
五條市
落合川の飛び越え石
p.182
至橋本駅
隅田駅

二上山（大坂峠）

河内と大和を結ぶ峠道

大坂《おほさか》を我《わ》が越え来《く》れば二上《ふたかみ》に黄葉《もみちば》流る時雨《しぐれ》降《ふ》りつつ

作者未詳（⑩二一八五）

（原文）大坂乎　吾越来者　二上尓　黄葉流　志具礼零乍

（訳文）大坂を私が越えて来ると、二上山の川に黄葉が流れている。時雨が降り続いていて。

河内から懐かしい故郷の大和に足を踏み入れると、いつも目にしていた二上山の黄葉が折からの時雨で風に舞い川面を流れている光景を、故郷への思いと重ねて詠んだのでしょう。河内から大和に入るには峠道がいくつかあり、二上山の北側では田尻峠を越える大津道（長尾街道・現国道一六五号）と穴虫峠を越える道（現奈良県・大阪府道七〇三号香芝太子線）があります。

この歌の大坂とは相当広い範囲を指すようで、ここに詠まれているのはこの峠のいずれかと思われます。古くは太子葬送の道であり、壬申《じんしん》の乱にも登場する重要な往還路で、鉄道も最初は二上山のふもとを通るルートで計画されていたようです。穴虫峠のすぐ近くには、白っぽい凝灰岩《ぎょうかいがん》が連なる屯鶴峯《どんづるぼう》が特異な景観を見せています。

　歌碑は大阪府・奈良県境の香芝市穴虫《あなむし》に立っており、現在ここは橿原市に至る大和高田バイパスや、奈良盆地南部を横断し桜井市まで続く大動脈・中和幹線の起点にもなっていて、傍を近鉄南大阪線が走る交通の要衝です。

（柏尾信尚）

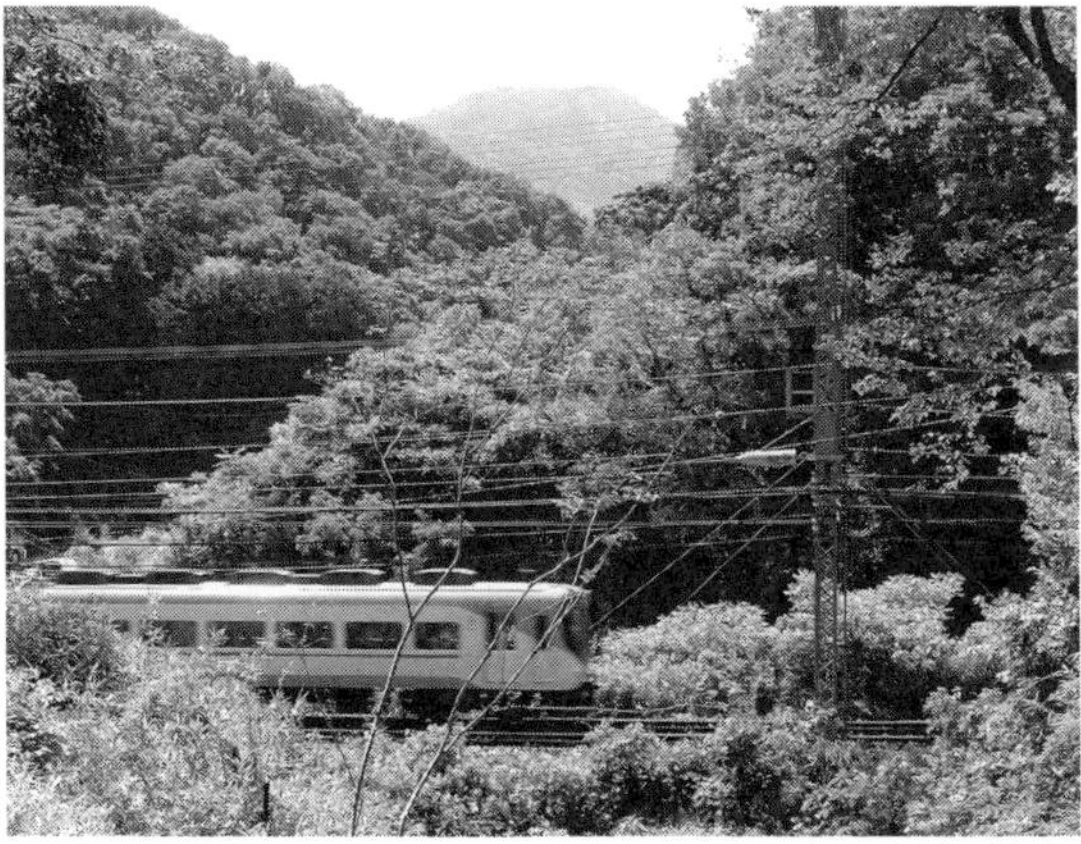

穴虫峠付近から望む二上山頂。山裾を走る近鉄特急

【屯鶴坊駐車場】

所香芝市穴虫

交近鉄二上山駅下車徒歩約40分

二上山

亡き弟の面影を思いしのぶ山

うつそみの人にある我《われ》や明日《あす》よりは二上山を弟背《いろせ》と我《あ》が見む

大伯皇女《おほくのひめみこ》（②一六五）

（原文）宇都曽見乃　人尓有吾哉　従明日者　二上山乎　弟世登吾将見

（訳文）この世の人である私は、明日からは二上山をわが弟と見ることだろうか。

伊勢神宮の初代斎王《さいおう》であった大伯皇女が、二歳違いの弟・大津《おおつ》皇子の死を悼《いた》んだ歌です。

大津皇子は、天武天皇の第三皇子で、天皇崩御後謀反の疑いをかけられて死罪となり、二上《にじょう》山《ざん》に葬られました。二上山は、雄岳《おだけ》（標高五一七メートル）と雌岳《めだけ》（四七四メートル）の二峰からなり、葛城市と大阪府南河内郡太子町にまたがっています。

麓の加守《かもり》神社脇の登山口から尾根筋を登り切った雄岳山頂付近に、大津皇子の二上山墓が鎮まっています。ここから馬の背を経て南へ行くと視界が開け、雌岳山頂に出ます。山頂からの眺望はすばらしく、東は奈良盆地、西は河内平野を見渡せます。谷筋を下って行くと、谷が開け切った辺りに鳥谷口《とりたにぐち》古墳があります。

この古墳は七世紀後半築造の方墳《ほうふん》で、被葬者は大津皇子との説があります。少し墳丘を登ると、南に開いた石室（横口式石槨《よこぐちしきせっかく》）を柵越《さくご》しに見ることができ、飛鳥方面も望めます。さらに當麻寺《たいまでら》方面へ下って行くと、この歌碑があります。

（坂口隆信）

二上山雄岳・雌岳と、雄岳東麓にある鳥谷口古墳

【二上山と鳥谷口古墳】

所 葛城市染野（鳥谷口古墳）

交 近鉄当麻寺駅下車徒歩約30分

葛城山

神代から崇め親しまれる山

春柳《はるやなぎ》葛城山《かづらきやま》に立つ雲の立ちても居《ゐ》ても妹《いも》をしそ思《おも》ふ

柿本人麻呂歌集（⑪二四五三）

（原文）春楊　葛山　發雲　立座　妹念

（訳文）春の柳を蘰《かずら》にする葛城山に立つ雲ではないが、立っていても座っていても妹のことをこそ思うことだ。

立っても座ってもあの娘のことばかり…思わず照れる可愛い恋の歌ですが、実は原文が万葉集最少の文字数、驚きの十文字でできています。この機知に富んだ軽妙な調べを詠んだのは、万葉集随一の天才歌人・柿本人麻呂です。人麻呂の出生地は諸説ありますが、葛城市柿本も有力候補地の一つです。近鉄新庄駅すぐ西隣に人麻呂を祀る柿本《かきのもと》神社があります。石見国《いわみのくに》（島根県)で亡くなった人麻呂をこの地に改葬したと伝わります。境内にはこの歌の歌碑と人麻呂の墓・歌塚がひっそりたたずんでいます。昭和レトロな街並みを眺めながら西に歩くと約二十分で、綺麗に整備された屋敷山公園があり、葛城山を眺められます。

公園内には、五世紀中頃の前方後円墳である屋敷山古墳があります。

平安時代から室町時代にかけては、布施氏の里の館、江戸時代初期には、新庄藩桑山氏の陣屋として使用されました。

新庄城(陣屋)跡から、人麻呂の詠んだ葛城山の雲を眺めるのも良いものです。

(福岡康浩)

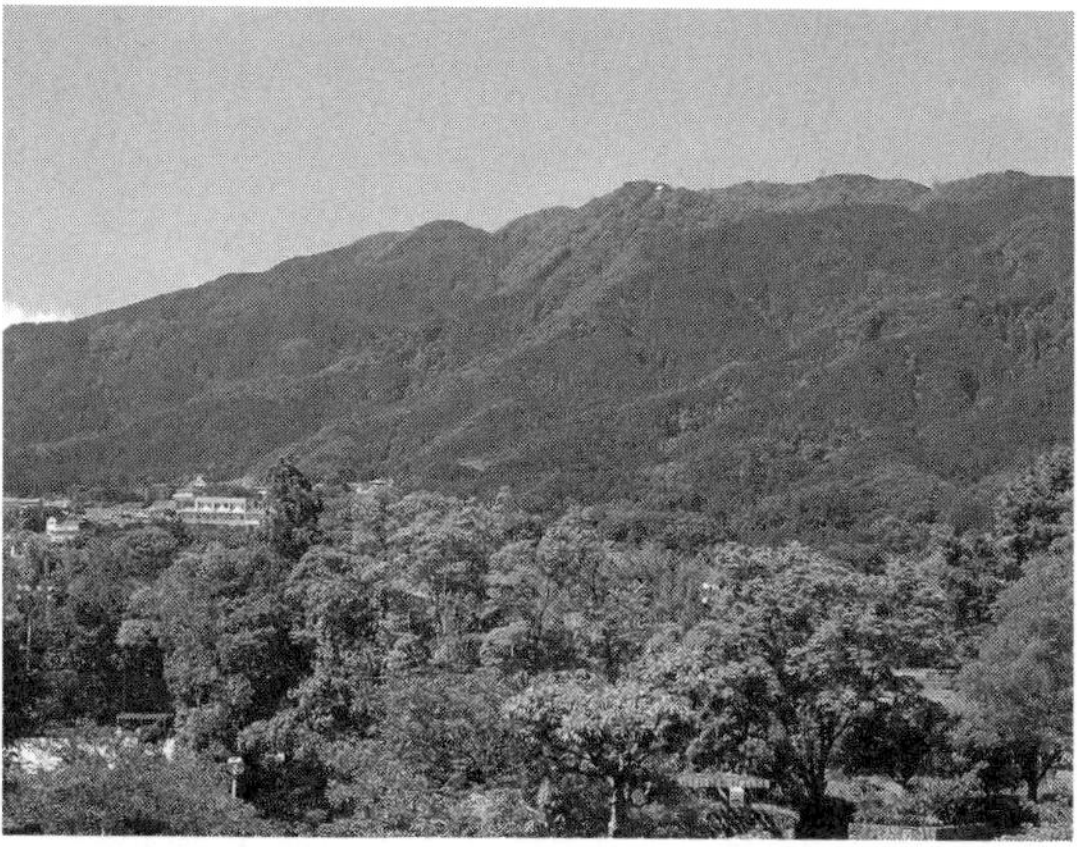

屋敷山公園内の新庄城跡から葛城山を望む

【屋敷山公園】

所葛城市南藤井17

交近鉄新庄駅下車徒歩約20分

葛城山麓

古代豪族・葛城襲津彦の英雄譚が残る

葛城《かづらき》の襲津彦真弓荒木《そつびこまゆみあらき》にも頼《たの》めや君が我《わ》が名告《の》りけむ

作者未詳（⑪二六三九）

（原文）葛木之　其津彦真弓　荒木尓毛　憑也君之　吾之名告兼

（訳文）葛城の襲津彦の真弓、その真弓の材料となる神威に満ちた木のように、私を妻として頼りに思うので、私の名を人に明かしたのだろうか。

神武天皇が葛《かづら》の網を編んで土蜘蛛《つちぐも》（先住民）を抹殺し、その村を葛城と名付けたと日本書紀は記します。葛城山麓に、一言だけ願い事をかなえてくれる一言主大神《ひとことぬしのおおかみ》を祀る葛城坐一言主神社《かつらぎにいます》があります。境内に土蜘蛛を葬った蜘蛛塚があり、大神と雄略《ゆうりゃく》天皇が狩りを楽しんだ話も伝わります。この歌は、信頼していた男から、愛を告白された喜びと戸惑いを歌っています。

記紀伝承では葛城襲津彦は四世紀後半の人物で、朝鮮半島から捕虜を連れ帰り、先端技術を取り入れ、葛城氏の全盛期を築いた英雄とされます。娘の磐之媛命《いわのひめのみこと》は仁徳天皇に嫁ぎ、履中《りちゅう》・反正《はんぜい》・允恭《いんぎょう》天皇を産みました。天皇家の外戚《がいせき》として権勢をふるった葛城氏も、末裔《まつえい》の円大臣《つぶらのおおおみ》が雄略天皇に殺され、滅亡したといわれます。名柄《ながら》遺跡の居館跡、全長二三八メートルの宮山《みややま》古墳などの遺跡が、葛城氏の栄枯盛衰を想像させます。

磐之媛命が古事記に詠んだとされる「私が見たい国は、葛城高宮の我が家のあたり」との望郷の歌に、彼女の天皇への愛と失意の心中を察します。

（田原敏明）

葛城山麓に鎮座する一言主神社、拝殿横に万葉歌碑

【葛城坐一言主神社】

所 御所市森脇432

交 近鉄御所駅からバス「宮戸橋」下車徒歩約30分

高天（高間の草野）

葛城山・金剛山を仰ぎ見る

葛城《かづらき》の高間《たかま》の草野早知《かやのはや》りて標刺《しめさ》さましを今ぞ悔《くや》しき

作者未詳（⑦一三三七）

（原文）葛城乃　高間草野　早知而　標指益乎　今悔拭

（訳文）葛城の高間の萱野《かやの》のありかを早く知って、占有のしるしを刺しておけばよかったものを。今こそ悔しく思われることだ。

御所《ごせ》市の国道二四号のバス車窓から金剛山・葛城山を眺め「風の森」で下車します。神気を醸《かも》す高鴨《たかかも》神社を経て高天の台地へのハイキングは楽しいです。杉木立を吹き抜ける風も、汗ばんだ肌に心地良く感じます。金剛山は古くは高天山《たかま》とも呼ばれました。中腹に背後の白雲峯《しらくものみね》を御神体山として高天彦《たかまひこ》神社が鎮座しています。古事記に最初に登場する三柱の神の一柱で、天孫降臨を指図した高御産巣日神《たかみむすひのかみ》を祀ります。

　奈良時代に元正《げんしょう》天皇の勅《ちょく》により、行基《ぎょうき》が開いたとされる高天寺《たかまでら》もありました。鑑真《がんじん》が住職を務めたともいわれる古刹ですが、室町時代に大伽藍は焼失し、小堂の橋本院だけが残りました。

　稲田の続く路傍に万葉歌碑があります。所有地争いのような歌意ですが、白洲正子は『かくれ里』で「美しい葛城処女《おとめ》をもっと早く知っていたら、みすみす人妻にはしなかったであろうに、と嘆いた民謡」と紹介しています。

　高天の草野を乙女の寓意《ぐうい》とする解釈に、ロマンを感じます。


（田原敏明）

金剛山の峰々、田植えが済んだ稲田の路傍に万葉歌碑

【高天寺橋本院入口から高天原を望む】
所 御所市高天350（高天寺橋本院）
交 近鉄御所駅からバス「風の森」下車徒歩約90分

朝妻山（春日神社）　金剛山東麓、葛城古道の南端あたり

今朝《けさ》行《ゆ》きて明日《あす》は来《き》なむと言ひし子が朝妻山《あさづまやま》に霞《かすみ》たなびく

柿本人麻呂歌集（⑩一八一七）

（原文）今朝去而　明日者来牟等　云子鹿　旦妻山丹　霞霏霺

（訳文）「今朝は帰って行って、明日はまたやって来よう」と私が言ったあの子、その朝妻山に霞がたなびいている。

この歌の詠み人は通い婚の相手である女性の家で一夜を過ごし、別れ際にもう次の訪《おとな》いを思っています。結婚の形こそ今と違いますが、時代を経ても人の気持ちに変わりはないと、微笑ましく感じられます。

御所《ごせ》市朝妻は、葛城古道（葛城の道）の南端近くに位置します。葛城古道は、近鉄御所駅付近

から風の森峠まで、金剛・葛城山麓を南北に走る田園風景がのどかな道です。沿道には高鴨《たかかも》神社や一言主《ひとことぬし》神社、九品寺《くほんじ》など奈良時代以前からの社寺や古墳時代の遺跡群があり、この地域が早くから開けていたことがわかります。

朝妻の集落は、古道から少し東に下ったところです。天武天皇の行宮《あんぐう》跡と伝わる春日神社周辺には、古道西側の金剛山に連なる丘陵地帯を望めるポイントがいくつかあります。朝妻山と思《おぼ》しきその自然の風景は、歌の詠み人が去り際に見たものと、今もほとんど変わらないのではないかと感じさせられます。

（吉田英弘）

春日神社付近から金剛山方面を望む

【春日神社】
所御所市朝妻
交近鉄御所駅からバス「船路」下車徒歩約15分

巨勢

古代から紀州とつながる地

巨勢山《こせやま》のつらつら椿《つばき》つらつらに見つつ偲《しの》はな巨勢の春野《はるの》を

坂門人足《さかとのひとたり》（①五四）

（原文）巨勢山乃　列〻椿　都良〻〻尓　見乍思奈　許湍乃春野乎

（訳文）巨勢山のつらつら椿を、そのようにつらつらと見ながら賞美したいものだ。この巨勢の春野のさまを。

大宝元年（七〇一）、持統《じとう》上皇と文武《もんむ》天皇が、紀州白浜の牟婁《むろ》の湯へ行幸されました。藤原京を出発し、現在の近鉄吉野線と同じ道筋で、飛鳥、市尾を通り、休憩場所に選んだのが巨勢寺《こせでら》でした。吉野口駅より北東にあった法隆寺式伽藍の大きな境内に、椿の木々がみごとに茂っていましたが、季節は秋で春の花の椿が咲くはずもありません。

坂門人足は春をしのんで、あたかも一斉につらつら椿の花が咲き誇っているかのように歌を詠みました。常緑の葉を見ながら、行幸を華やかな、そして軽快なリズムで演出したのでしょう。

巨勢は「来せ」に通じ、飛鳥と紀伊や吉野を結ぶ往来道がありました。今も吉野口駅はJR和歌山線と近鉄吉野線の乗換駅で、近年まで構内で名産の鮎《あゆ》寿司や柿の葉寿司弁当が売られていました。

持統一行はその後、現在のJR和歌山線と同じ道をたどり、温泉と海の国・紀伊へと歩を進めました。

（福岡康浩）

塔跡と椿の木々が当時の様子をしのばせる

【史跡巨勢寺塔跡】

所御所市古瀬

交JR・近鉄吉野口駅下車徒歩約10分

宇智の大野

宇智の狩野は広大な山裾に広がる

たまきはる宇智《うち》の大野《おほの》に馬並《な》めて朝踏《ふ》ますらむその草深野《くさふかの》

中皇命《なかつすめらみこと》（①四）

（原文）玉尅春　内乃大野尓　馬數而　朝布麻須等六　其草深野

（訳文）霊魂のきわまる命、その宇智《うち》の荒野に馬を連ねて、この朝踏み立てておいでなのでしょう。その草深い野よ。

この歌は、万葉集で最初に登場する短歌です。奈良県には広大な狩場は「宇智の大野」のほか、宇陀に「阿騎野《あきの》の大野」があります。また大阪府羽曳野《はびきの》市の古代の放牧場にしても、なだらかな丘陵地です。人と馬の情景を歌い、裏に人恋しさをほんのりと表している万葉びとの心情は、ともすれば忘れがちな思いやりを蘇らせてくれて、和やかな気持ちにさせてくれます。

　葛城山麓の歌碑の前に立つと、今見下ろしてものどかな風景で、狩りのさ中に馬を並べて朝露に立つ雄々しい舒明《じょめい》天皇たちの姿が目に浮かんでくるようで、都で待つ中皇命（舒明天皇の皇后または皇女）の心情を共有することができます。

　この景色を眺められるメインスポットを今は道路が縦横に通じ、馬ならぬマイカーでゆったりと走り、時々車を止めて眺望に見入ると、当時にはなかった民家や田園風景も、詠み人の心情と絡んでストレートに心に飛び込んでくるのは嬉しいことです。初夏の早朝に尋ねたが、春や秋に訪れて山菜狩りもいいでしょう。

（若林　稔）

広大な狩場。歌碑は奈良カントリークラブ玄関付近

【奈良カントリークラブ】
所五條市今井町1141
交JR五條駅からバス「五條高校」下車徒歩約20分

浮田の杜（荒木神社）

神威厳しく人の立ち入りを禁じた標縄

かくしてやなほや守《まも》らむ大荒木《おほあらき》の浮田《うきた》の社《もり》の標《しめ》にあらなくに

作者未詳（⑪二八三九）

（原文）如是為哉　猶八戌牛鳴　大荒木之　浮田之社之　標尓不有尓

（訳文）こうやって、ずっと見守り続けるのだろうか。大荒木の浮田の社《やしろ》の標縄《しめなわ》というわけではないのに。

この歌は、自分を「標」（神域の聖性を守るため立ち入りを禁じる標縄）にたとえて女性への思いを込めた男の恋歌です。何かよほどの事情があるのか「自分の気持ちを伝えられず、ただ見守ることしかできない」という、はかなくも切ない男の気持ちが滲み出ています。

そして、古来神威厳しくみだりに人の立ち入りを禁じていたといわれている「浮田の杜《もり》」の標縄にたとえて詠んだことで、男の思いがいっそう深いものに感じられます。

大荒木の浮田の杜は、五條市の北東部、今井町荒木山麓の荒木神社の杜が相当すると考えられています。

今井集落の北側に荒木山を背にし、紀州街道に面して鎮座しています。この場所は、現在も当時の雰囲気をそのまま残しているようです。

梅雨の晴れ間、蒸し暑い七月でも、針葉樹や広葉樹が生い茂り、ひんやりとした清涼感にたっぷりと浸ることができます。

（磯村洋一）

浮田の杜・荒木神社境内入口

【荒木神社】
所 五條市今井町905
交 JR五条駅下車徒歩約20分

真土山

紀伊の海に憧れて都人が越えた道

あさもよし紀伊《き》人羨《ひととも》しも真土山行《まつちやまゆ》き来《く》と見らむ紀伊人羨しも

調首淡海《つきのおびとあふみ》（①五五）

（原文）朝毛吉　木人乏母　亦打山　行来跡見良武　樹人友師母

（訳文）あさもよし紀伊国の人は羨ましいことだ。真土山を行きにも帰りにも見ているだろう。紀伊国の人は羨ましいことだ。

四方を山々に囲まれて暮らす大和の都人にとっては、紀伊の海は大変な憧れでした。当時、飛鳥から紀伊国に向かう人々は巨勢路《こせじ》を五条へ向かい、真土山をめざしました。奈良県と和歌山県の境に位置する標高一〇〇メートルほどの小さな山です。とりたてて風光明媚《めいび》な景勝地があるわけでもない土地ですが、万葉びとにとっては憧れであり、シンボル的な山でした。

長い旅路を重ねてようやくここまでたどり着いた人たちは、いよいよ異国に足を踏み入れる期待と、懐かしい大和への郷愁の念とが交錯《こうさく》する場所だったのでしょう。

真土山の山裾を流れる落合川の深い谷に、渡し場のような「飛び越え石」と呼ばれる岩場があります。東西に突き出した二つの岩の間を清流が流れ、ひとまたぎして県境を往来できることで知られています。

交通量の多い国道の喧騒とは対照的に、ひっそりと眠る谷は、現代と万葉の時代とが交差する不思議な空間です。

（道﨑美幸）

大和と紀州を結ぶ飛び越え石

【落合川の飛び越え石】
所 和歌山県橋本市隅田町真土
交 JR隅田駅下車徒歩約15分

歴史街道ぶらり歩き

約十年前、第二の人生を楽しむにはまず健康と、安上がりなウォーキングを始めました。コンビニ弁当と奈良まほろばソムリエ検定テキストをリュックに詰め、古代史の現場をあちこち訪ね歩きました。当会のガイドグループでは葛城・御所地域を担当、記紀神話・葛城王朝など、黎明期《れいめいき》の大和の歴史の舞台へ、八咫烏《やたがらす》を気取って案内しています。

二上山、葛城山、金剛山の霊峰を眺め、路傍の草花に季節の移ろいを感じ、歩き疲れると、随所にある万葉歌碑の前で一息入れます。天皇家、宮廷人、無名の庶民が、情景に託して心の内を詠んだ歌は、私たちを暫《しば》し万葉の世界に誘《いざな》ってくれます。

五條は古代の宇智郡です。吉野川河岸から南方を見上げると、智辯学園の校歌の一節「金剛の山青く、吉野の流れ遠く行く」の風景が拡がります。紀伊行幸の天皇も輿《こし》から降りて眺めたことでしょう。

「令和の八咫烏」も寄る年波、脚力の衰えを感じるこの頃です。サッカーの守護神・八咫烏神社(宇陀市)で、「もう少し歴史街道ぶらり歩きを楽しませて下さい」とお願いしなくては。

(田原敏明)

8 奈良盆地中西部エリア

N
至大和西大寺駅
初瀬（大和）川
大和川
川西町
寺川
島の山古墳
結崎駅
屏風杵築神社
腰掛石
三宅I.C.
白山神社
太子道
p.188
三宅町役場
歴史と愛の町 屯倉
石見駅
至新王寺駅
近鉄田原本線
24
但馬駅
黒田駅
近鉄橿原線
三宅町
曽我川
飛鳥川
田原本町
24
西田原本駅
田原本駅
京奈和自動車道
p.190
百済寺公園
百済寺
笠縫駅
至橿原神宮前駅

N
大和高田市
京奈和自動車道
至大和西大寺駅
24
新ノ口駅
至大和高田駅
松塚駅
曽我川
真菅駅
近鉄大阪線
近鉄橿原線
大和八木駅
至桜井駅
至高田駅
八木西口駅
JR桜井(万葉まほろば)線
金橋駅
畝傍駅
至桜井駅
高取川
おふさ観音卍
p.192
河俣神社
至高田市駅
畝傍御陵前駅
畝火山口神社
坊城駅
▲畝傍山
近鉄南大阪線
橿原神宮
橿原神宮西口駅
橿原神宮前駅
新沢千塚古墳群
近鉄吉野線
橿原市
岡寺駅
至吉野駅

三宅道

盆地を斜行する古代の道

父母《ちちはは》に知らせぬ子ゆゑ三宅道《みやけぢ》の夏野の草をなづみ来《く》るかも

作者未詳（⑬三二九六）

（原文）父母尓　不令知子故　三宅道乃　夏野草乎　菜積来鴨

（訳文）父母には知らせていない子だからこそ、三宅道の夏野の草を難渋しながらやって来ることよ。

この歌は、長歌（⑬三二九五）に対する反歌です。長歌では、両親が三宅の原を通って彼女のもとに通う息子に対し「どのような娘さんのところに行くのか」と問いかけ、息子が「楮《こうぞ》の繊維の布でアザサを結び、大和産の黄楊《つげ》のくしをさしている美しい乙女だよ」と答えています。

平成二十一年（二〇〇九）三宅町の町花となった「あざさ」（学名アザサ）は、五月から九月の朝、水辺に可憐な黄色い花を咲かせます。

犬養孝氏揮毫《きごう》の万葉歌碑がある公園「歴史と愛の町 屯倉《みやけ》」前の道は、飛鳥時代に聖徳太子が斑鳩宮から飛鳥まで通った道で、「太子道《たいしみち》」と呼ばれています。条里制の南北方向に対して約二〇度西に傾いた斜めの道（筋違道《すじかいみち》）であるのが特徴です。

道沿いには、「腰掛《こしかけ》石」や「黒駒に乗る太子像」がある白山《はくさん》神社、「屏風《びょうぶ》の清水」を掘りあてたと伝わる屏風杵築《きつき》神社など、太子ゆかりの神社が鎮座しています。

毎年十一月には古代衣装の住民により、聖徳太子を接待した故事を彷彿《ほうふつ》とさせる「太子道の集い」が行われます。（寺田麻美）

犬養孝氏揮毫の万葉歌碑とあざさの花

【歴史と愛の町 屯倉】
所 磯城郡三宅町伴堂
交 近鉄石見駅または近鉄黒田駅下車徒歩約15分

百済野

冬枯れの百済野に鳴く鶯の鳴き声

百済野《くだらの》の萩《はぎ》の古枝《ふるえ》に春待つと居《を》りし鶯《うぐひす》鳴きにけむかも

山部赤人《やまべのあかひと》（⑧一四三一）

（原文）百濟野乃　芽古枝尓　待春跡　居之鶯　鳴尓鶏鵡鴨

（訳文）百済野の萩の古枝に春を待つとて止まっていた鶯は、もう鳴いたことだろうかなあ。

百済野は、古代に南朝鮮の百済国からの渡来人が住んだのでつけられた地名と考えられ、北葛城郡広陵町百済周辺を指すとされます。最近では、橿原市高殿町をいうとの説もあります。広陵町百済には、百済寺《くだらでら》があり、鎌倉時代の三重塔（重文）や空海が掘ったと伝えられる梵字池《ぼんじいけ》などが残っています。この寺は従来、日本書紀の百済大寺《くだらのおおでら》とされてきましたが、近年の発掘成果では、桜井市の吉備池廃寺《きびいけはいじ》であるとの説が有力です。

この歌は、柿本人麻呂とともに、歌聖と称《たた》えられる山部赤人が詠んだ歌で、春先の鶯のきれいな鳴き声が聞こえてきそうなすばらしい歌です。冬の間に立ち枯れとなっている萩の古枝に、春を待つ鶯がとまっているという情景に、心がおどります。

最後の「鳴きにけむかも」は原文では「鳴尓鶏鵡鴨」と旁《つくり》が鳥の字を並べた遊びになっているのも楽しい歌です。

梵字池のほとりには、犬養孝氏揮毫《きごう》の歌碑が立っています。

（大山恵功）

百済寺の三重塔（左）大織冠《たいしょくかん》と呼ばれる本堂（右）

【百済寺】

所 北葛城郡広陵町百済1168

交 近鉄大和高田駅からバス「百済寺公園前」下車すぐ

雲梯の杜

埴取り神事のお旅所、装束の宮

真鳥《まとりす》棲む雲梯《うなて》の杜《もり》の菅《すが》の根を衣《きぬ》にかき付け着《き》せむ子もがも

作者未詳（⑦一三四四）

（原文）真鳥住　卯名手之神社之　菅根乎　衣尓書付　令服兒欲得

（訳文）大鷲の棲む雲梯の社の菅《すげ》の根を、衣に書きつけて着せてくれる子がいたらよいのに。

曽我《そが》川に沿うように杜を残し、現在は河俣《かわまた》神社として鴨八重事代主《かものやえことしろぬし》神を祀る式内社《しきないしゃ》です。万葉歌原文の「卯名手《うなて》」は「雲梯」となり難読地名として知られます。この文字を見ると、雲間からスポットライトのように射すひとすじの光「天使の梯子《はしご》」で、天から神々が降りて来られる姿を想像します。ここは神々が暮らす豊かな杜だったのかも知れません。

雲梯には田に水を引く水路の意味もあるそうで、神が水を清めていたのでしょうか。歌は、その神聖な杜の「菅の根のような深い心を、衣に結びつけて着せてくれる子がいたらよいのに」と恋の願望を詠んでいます。

大阪の住吉大社では、毎年畝傍《うねび》山の神聖な土を畝火山口《うねびやまぐち》神社まで取りに来る「埴《はに》取《と》り神事」が行われます。山へ向かう前に、この河俣神社で衣装を整えるので「装束《しょうぞく》の宮」とも呼ばれます。

鳥居越しに見える畝傍山の風景から、万葉びとの気持ちを味わってください。

（西川　誠）

河俣神社参道入り口

【河俣神社】
所橿原市雲梯町689　交近鉄坊城駅下車徒歩約20分またはJR金橋駅から徒歩約20分

奈良盆地中西部は自然豊かな湿地帯

奈良盆地は太古には、奈良湖とか大和湖と呼ばれる湖であったと考えられます。やがて現在の大和川の亀の瀬付近（北葛城郡王寺町と大阪府柏原市周辺）から大阪へ水が流出しますが、盆地中西部の大和川やその支流のあたりは、弥生時代から万葉集の時代には、おそらく湿地帯ではなかったかと思われます。

盆地中西部を詠んだ万葉歌が比較的少ないのも、湿地帯であまり人が住んでいなかったことが原因の一つではないでしょうか。

ただ「鶯鳴く百済野」（⑧一四三一 本書190ページ）、「夏野の草の三宅道」（⑬三二九六 本書188ページ）など、動植物とともに盆地中西部の地名が登場するのは、人々に愛される素敵な場所だったからかも。

柿本人麻呂が詠んだ万葉集最長の長歌・高《たけ》市《ち》皇子の挽歌（②一九九）でも、橿原市の香具山周辺にあった宮から、もがりの場であった「城上《きのへ》の殯宮《あらきのみや》」（北葛城郡広陵町周辺か）への移動の中で「百済の原」（広陵町百済周辺か）が登場します。

香具山周辺から広陵町方面には、湿地帯であっても葬送の移動には耐えられる道路が整備されていたと推定されます。

（大山恵功）

9 生駒・龍田エリア

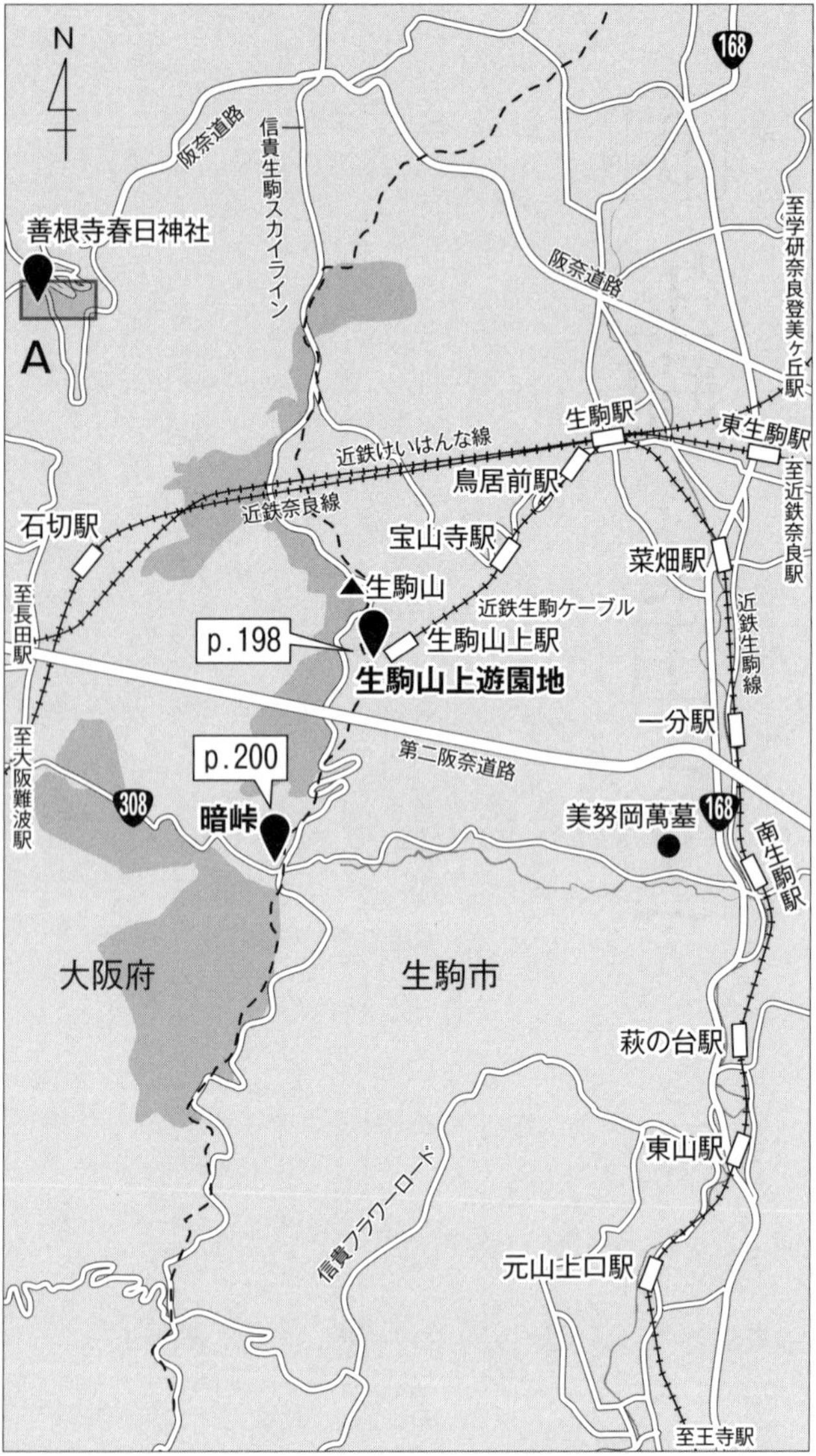
N
阪奈道路
信貴生駒スカイライン
善根寺春日神社
A
168
至学研奈良登美ヶ丘駅
阪奈道路
生駒駅
東生駒駅
近鉄けいはんな線
鳥居前駅
至近鉄奈良駅
近鉄奈良線
石切駅
宝山寺駅
菜畑駅
生駒山
近鉄生駒ケーブル
至長田駅
p.198
生駒山上駅
近鉄生駒線
生駒山上遊園地
一分駅
至大阪難波駅
p.200
第二阪奈道路
308
暗峠
美努岡萬墓
168
南生駒駅
大阪府
生駒市
萩の台駅
東山駅
信貴フラワーロード
元山上口駅
至王寺駅

至生駒駅
平群駅
p.202
天満池
平群町
竜田川駅
168
法隆寺卍
近鉄生駒線
勢野北口駅
斑鳩町
三郷町
至奈良駅
法隆寺駅
信貴山下駅
▲三室山
p.204
三室山展望台
王寺駅
新王寺駅
JR関西本（大和路）線
龍田大社
大和川
大輪田駅
近鉄田原本線
西名阪自動車道
168
三郷駅
河合町
王寺町
佐味田川駅
JR和歌山線
B
至柏原駅
畠田駅
至西田原本駅
至高田駅

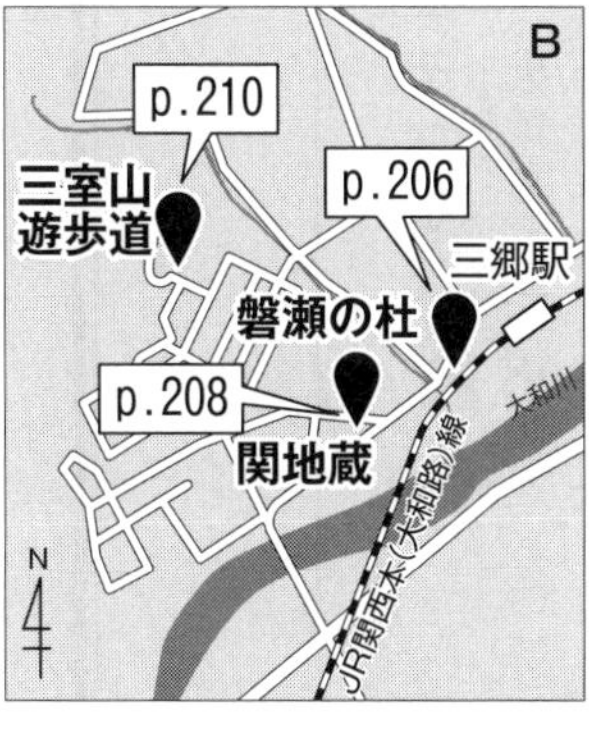
B
p.210
三室山
遊歩道
p.206
三郷駅
磐瀬の杜
p.208
関地蔵
大和川
JR関西本（大和路）線

A
p.212
善根寺
春日神社
阪奈道路

生駒山

九州に向かう防人が振り仰いだ神々しい山

難波津《なにはと》を漕《こ》ぎ出《で》て見れば神《かみ》さぶる生駒高嶺《いこまたかね》に雲そたなびく

大田部三成《おほたべのみなり》（⑳四三八〇）

（原文）奈尓波刀乎　己岐涅弖美例婆　可美佐夫流　伊古麻多可祢尓　久毛曽多奈妣久

（訳文）難波の港を漕ぎ出して見ると、神々しい生駒の高嶺に雲がたなびいている。

万葉集に「生駒山」の歌は六首あります。多くは「妹《いも》」（恋人や妻）に会うために山を越える歌です。その中でこの一首は、大阪湾から見上げる生駒山の姿を大きくとらえています。

作者の大田部三成は、下野国《しもつけ》梁田郡《やなだのこほり》（現・栃木県足利市）出身で、天平勝宝七年（七五五）二月に、防人《さきもり》として筑紫《つくし》の国におもむくため難波の港に集められ、この歌を詠みました。

防人たちははるか北関東から訪れ、船で瀬戸内海を渡り、九州に向かいます。彼らにとって生駒山は、特に故郷や大切な人を思わせる山ではないでしょう。そんな三成の目にも、彼らの船旅を見送る生駒山の姿は、神々しいものに映ったのですね。

現在の生駒山は、山頂に遊園地があり、とても親しみやすい山です。しかし万葉の時代、大阪湾から仰ぐ生駒山は、まるで山《やま》部赤人《べのあかひと》が田子の浦から望んだ富士山のように思われたことが、この歌から伝わります。

大阪から電車で奈良に向かうとき、車窓に心の目をやり、時を超えた「万葉の生駒山」に思いをはせてください。（玉置さよ子）

奈良市学園前駅付近から見た生駒山

【生駒山】

所生駒市菜畑2312-1（生駒山上遊園地）

交生駒ケーブル「生駒山上」駅下車すぐ

暗越え

大和と河内を結ぶ古代からの街道

夕さればひぐらし来鳴《きな》く生駒山《いこまやま》越えてそ我《あ》が来《く》る妹《いも》が目を欲《ほ》り

秦間満《はだのはしまろ》（⑮三五八九）

（原文）由布佐礼婆　比具良之伎奈久　伊故麻山　古延弖曽安我久流　伊毛我目乎保里

（訳文）夕べになるとひぐらしが来ては鳴く生駒山、その生駒山を越えてこそ私はやって来る。妻に逢いたくて。

天平八年（七三六）遣新羅使人《けんしらぎしじん》の一行の一人、秦間満は、出船前のわずかな時間を奈良に残した妻に逢いに生駒山を越えてきた、という歌です。無事に帰国できるかどうかもわからない旅立ちの前に、何とかもう一度妻に逢いたいという心情が伝わってきます。

生駒山は奈良県と大阪府の境にある標高六四二㍍の山で、いにしえから大和と河内を結ぶ峠道として多くの旅人が往来してきました。

生駒山を越える道は日下《くさか》の直越《ただご》え、清滝峠越えなど複数のルートがありましたが、最もよく知られているのが、「日本の道一〇〇選」にも選ばれている暗越《くらがりご》えでした。

近鉄南生駒駅を降りると眼前に生駒山が望めます。行基が眠る竹林寺、遣唐使だった美努岡萬墓《みののおかまろのはか》を経由し、暗峠に向かいます。俳人芭蕉も「菊の香にくらがり登る節句かな」と吟じ最後の旅をしています。

峠は風情ある石畳で峠の茶屋もあり、いやされます。古代から多くの人々が通った暗峠、秦間満に思いをはせながら歩かれてはいかがでしょうか。


（水間　充）

奈良県と大阪府境の暗峠

【暗峠】
所 生駒市西畑1077-1
交 近鉄南生駒駅下車徒歩約90分

因可の池

斑鳩の里から大和三山の耳成山と飛鳥を望む

斑鳩《いかるが》の因可《よるか》の池のよろしくも君を言はねば思ひそ我《あ》がする

作者未詳（⑫三〇二〇）

（原文）斑鳩之　因可乃池之　宜毛　君乎不言者　念衣吾為流

（訳文）斑鳩の因可の池ではないが、よろしい人とも世間はあなたを噂しないので、もの思いを私はすることだ。

万葉集で斑鳩の地が歌われたのは、この一首のみというのがとても不思議です。世間の評判が良くない男性を好きになってしまい、思い悩むのは今も昔も変わらぬようです。

歌の池ではありませんが、矢田丘陵の麓にあたる法隆寺の周辺には、溜池《ためいけ》が古くから残ります。西院伽藍の東大門から北への道を行くと、天満池《てんまいけ》があります。入江泰吉《いりえたいきち》氏がこの堤からの写真を残すほど、美しい景色が見渡せます。法隆寺の伽藍から目を転じると、大和三山の耳成山、その先に飛鳥が望めます。飛鳥京から愛する家族が待つ斑鳩へ、聖徳太子が通ったという太子道《たいしみち》を目でたどることができます。

世間の評判の悪い男との恋の悩みはないかも知れませんが、歌の作者に心を寄せながら、恋の思い出にひたるのも良いかも知れません。

「法隆寺の七不思議」にも登場する因可の池は、境内の聖徳会館前の池とする説もありますが、通常この池は公開されていません。

（西川　誠）

天満池から飛鳥方面を遠望

【天満池】
所生駒郡斑鳩町法隆寺北1丁目　交JR法隆寺駅、王寺駅または近鉄筒井駅からバス「法隆寺前」から徒歩約15分

龍田大社

風の神・五穀豊穣を祈願

我《わ》が行《ゆ》きは七日《なぬか》は過ぎじ龍田彦《たつたひこ》ゆめこの花を風に散らすな

高橋虫麻呂《たかはしのむしまろ》（⑨一七四八）

（原文）吾去者　七日者不過　龍田彦　勤此花乎　風尓莫落

（訳文）私たちの旅は七日を過ぎることはあるまい。風の神である龍田彦よ、けっしてこの花を風に散らすな。

高橋虫麻呂は奈良時代の万葉集第三期の歌人で、藤原宇合《うまかい》の臣下であったといわれています。

この歌は、龍田の桜を詠んだ長歌「白雲之龍田山之…（以下略）」の反歌で、龍田の神に「私が帰るまで、どうかこの花を散らさないでください」と祈っています。

この地には、奈良盆地の河川を全て集めた大和川が流れ、古代から河内と大和を結ぶ重要な道「龍田道《たつたみち》」がありました。

龍田の神は、川に沿って南西からの風が通り抜けるこの地に、風を司り五穀豊穣を祈願して祀られました。

昭和五十五年（一九八〇）三月、国鉄関西本線の新駅として開業した「三郷《さんごう》」駅の南西に、犬養孝氏揮毫《きごう》の歌碑が立っています。都市化の波で大きく変貌した龍田ですが、今も行き交う電車の轟音《ごうおん》の傍らで古《いにしえ》を思い起こさせてくれます。

令和二年（二〇二〇）、龍田古道は日本遺産に認定。万葉集に歌われた龍田の桜は、大和川やJR関西本線のそばで今も美しく咲き、風にそよいでいます。


（柏尾信尚）

風の神の総本宮・龍田大社拝殿。左奥に龍田彦を祀る

【龍田大社】
所生駒郡三郷町立野南1-29-1
交JR三郷駅下車徒歩約5分

磐瀬の杜

斑鳩町と三郷町に伝承地

神奈備《かむなび》の磐瀬《いはせ》の社《もり》の呼子鳥《よぶこどり》いたくな鳴きそ我《あ》が恋まさる

鏡王女（⑧一四一九）

（原文）神奈備乃　伊波瀬乃社之　喚子鳥　痛莫鳴　吾戀益

（訳文）神の降臨する磐瀬の森の呼子鳥よ、そんなにひどく鳴くな。私の恋心がますます募ることだ。

この歌は、額田王《ぬかたのおおきみ》と姉妹であるという説のある鏡王女《かがみのおおきみ》が詠んだ歌です。鏡王女は天智天皇の妃でしたが、のちに藤原鎌足《かまたり》の正妻となったといわれています。

歌に詠まれた神降臨の地、「神奈備」に広がる「磐瀬の杜」の所在は不明ですが、生駒郡斑鳩町などに候補地があり、さらに同郡三郷町にも「磐瀬の杜」の伝承地があります。

古代から、風の神を祀る龍田大社の祭祀《さいし》が行なわれていた神宿る「磐瀬の杜」。鏡王女は、この神聖な森でしきりに鳴き続ける鳥（カッコウと思える）の声に恋情を強く刺激されたのでしょう。

「磐瀬の杜」は、昭和四十七年（一九七二）、三室山の裾を流れる関屋川の河川改修工事が行われた際、大和川河畔から現在の場所に移されました。龍田大社の飛び地として整備されＪＲ関西本線沿いの敷地内に、この歌の石碑が立っています。

耳を澄ませば、鳥の声に恋心を募らせた鏡王女に出会うことができそうな万葉故地です。

（垣本麻希）

龍田大社飛び地に立つ歌碑（提供:風の郷 龍田古道プロジェクト）

【磐瀬の杜】
所生駒郡三郷町立野南3-1
交JR三郷駅下車徒歩約5分

龍田山（三室山）（一）

最古の挽歌、聖徳太子伝説のはじまり

家《いへ》にあらば妹《いも》が手まかむ草枕《くさまくら》旅に臥《こ》やせるこの旅人《たびと》あはれ

上宮聖徳皇子《かみつみやのしやうとこのみこ》（③四一五）

（原文）家有者　妹之手将纏　草枕　客尓臥有　此旅人何怜

（訳文）家にいるのなら妻の手を枕とするだろうに、草を枕の旅路に倒れ臥しておられるこの旅人よ、ああいたわしい。

この歌は、万葉集で最古の挽歌《ばんか》とされています。題詞には聖徳太子が河内（現・柏原市高井田）へ向かう道中の龍田山で行倒れた旅人を見て悲しんで詠んだ歌とあります。今も昔も家族など看取《みと》る人がない孤独な死は辛いことです。そのような死を迎えた哀れな魂を鎮めるために歌が詠まれたのでしょう。龍田山は、大和川が最も浅く狭くなる難所「亀の瀬」北側の山の総

称です。この山を越えて河内と大和を結んでいたのが日本遺産に認定された「龍田古道」です。JR三郷駅から西へ行くと関地蔵があり、三室山（龍田山）への登り口の目印となっています。

山越えの道中では、奈良や大阪方面の展望が開け、亀の瀬の大規模な地滑り対策工事を観察できます。

またこの歌から後の世には、この旅人は達磨大師《だるまだいし》だったという伝説が生まれました。大師のお墓の上に建立されたのが北葛城郡王寺町の達磨寺です。

本堂で聖徳太子と達磨大師が語り合っている姿を、ぜひご覧下さい。（西川浩司）

この近辺に天武天皇の四関の一つ「龍田の関」があった

【三室山への登り口。道標の奥に関地蔵がある】
所生駒郡三郷町立野南3-4-1（関地蔵）
交JR三郷駅下車徒歩約5分

龍田山（三室山）㈡

風に旅人の思いを乗せた桜の名所

龍田山見つつ越え来《こ》し桜花《さくらばな》散りか過ぎなむ我《わ》が帰るとに

大伴家持《おほとものやかもち》（⑳四三九五）

（原文）多都多夜麻　見都〻古要許之　佐久良波奈　知利加須疑奈牟　和我可敝流刀尓

（訳文）龍田山で見ながら越えてきた桜の花は、すっかり散ってしまうだろうか。私が都に帰る時分には。

かつての龍田山は、奈良県生駒郡の信貴山から南へ連なる、大和と河内の国境の山々の総称でした。都から難波へ向かう官道・龍田道の龍田越えのルートとして、官人達が往来しました。途中にある風神の聖地・龍田大社では、旅の安全を祈願しました。この道は、現在は龍田古道と呼ばれています。

天平勝宝七年（七五五）春、家持は、兵部《ひょうぶ》少輔《しょうふ》として、難波で防人《さきもり》を迎え送り出す仕事にあたっていました。平城京から難波宮へ赴《おもむ》く途中、龍田山を越えながら愛でた桜を思い出してこの歌を詠みました。龍田山（三室山）から山頂の御座峰《ござがみね》へと続く三室山《みむろやま》遊歩道にこの歌碑が立っています。

龍田山は、春は桜、秋は紅葉の名所として、後世にも多く歌に詠まれました。

三室山山頂から、広がる大和の景色を眺めると、春に秋に、去る季節を惜しみながら、旅立った古人《いにしえびと》の望郷の思いがしのばれます。

（垣本麻希）

山頂へと続く三室山遊歩道（提供：風の郷 龍田古道プロジェクト）

【三室山遊歩道の歌碑】

所 生駒郡三郷町立野南3-25

交 JR三郷駅下車徒歩約20分

直越え道

大和をめざした神武天皇ゆかりの古道

直越《ただこ》えのこの道にてし押《お》し照《て》るや難波《なには》の海と名づけけらしも

神社忌寸老麻呂《かみこそのいみきおゆまろ》（⑥九七七）

（原文）直超乃　此徑尓弖師　押照哉　難波乃海跡　名附家良思蒙

（訳文）真っ直ぐに山を越えるこの道においてこそ、古人は「押し照るや難波の海」と名づけたのであるらしいよ。

生駒山から西方に広がる大阪平野の眺望は、素晴らしいです。この歌は生駒山を越える「直《ただ》越《ご》え」の道から眼下に開けてきた平野の向こうに見える海の光景に感動し「押し照るや」とうまく言い表したことを讃《たた》えています。古代の大阪湾は大阪平野まで入りこみ、入江から生駒山麓まで、海が陽光に照り返され輝いていたことがイメージできます。

沼沢《しょうたく》は江戸時代に大和川の付け替えで陸地となり、入江は今の上町台地あたりとされる難波津《なにわづ》から大阪港へと大きく変貌を遂げました。

奈良時代に河内から大和へ入るには生駒山南の官道・龍田越《たつたご》えが使われ、生駒山越えの近道が暗越《くらがりご》えでした。他に善根寺越《ぜんこんじご》えや辻子《づし》越えの道があり今も古道の名残をとどめています。「直越え」が現在のどの道に当たるのか諸説ありますが、真っ直ぐな道なので曲がった暗越えでないことは分かっています。日本書紀で、神武天皇が大和へ攻め入るのにめざしたのが「直越え」とされています。

（津山　進）

神武天皇が長髄彦《ながすねひこ》と戦ったという孔舎衙坂《くさかざか》直越え古戦場

【善根寺春日神社に立つ古戦場の碑】

所大阪府東大阪市善根寺町6-7-67（善根寺春日神社）

交近鉄新石切駅からバス「善根寺」下車徒歩約15分

峠越えの悲喜こもごも

峠を越える際には別離の悲しみもあれば、もう少しで会えるという喜びもあるでしょう。飛鳥と難波を結ぶ交通の要衝であった龍田には、峠越えの様々な思いを歌い上げた名歌が数多く残されています。

別れの悲しみを歌ったのが聖徳太子で、龍田山で行き倒れていた旅人と残された妻を思い、「この旅人あはれ」（③四一五 本書208ページ）と深い鎮魂の思いを寄せました。

平城京に都が移ってからも、龍田道は帝をはじめ大宮人も多数往来しました。龍田は今も桜の名所で、高橋虫麻呂《たかはしのむしまろ》は風の神様に「風に散らすな」（⑨一七四八 本書204ページ）とお願いし、大伴家持《おおとものやかもち》は帰る頃は「散りか過ぎなむ（散ってしまっているのだろう）」（⑳四三九五 本書210ページ）と嘆きました。亀の瀬の激流に桜花が散りかかるさまは圧巻で、立ち去りがたかったのでしょう。

生駒山を越える直越《ただご》えの道は平城京と難波宮とを結ぶ、険しいが最短の道です。少しでも早く妻に会いたい人は直越えの道を急ぎました。やっと峠に立った時、振り返ると眼下に光り輝く難波の海に、先を急ぐ力をもらったに違いありません。

（西川浩司）

10 奈良市西部エリア

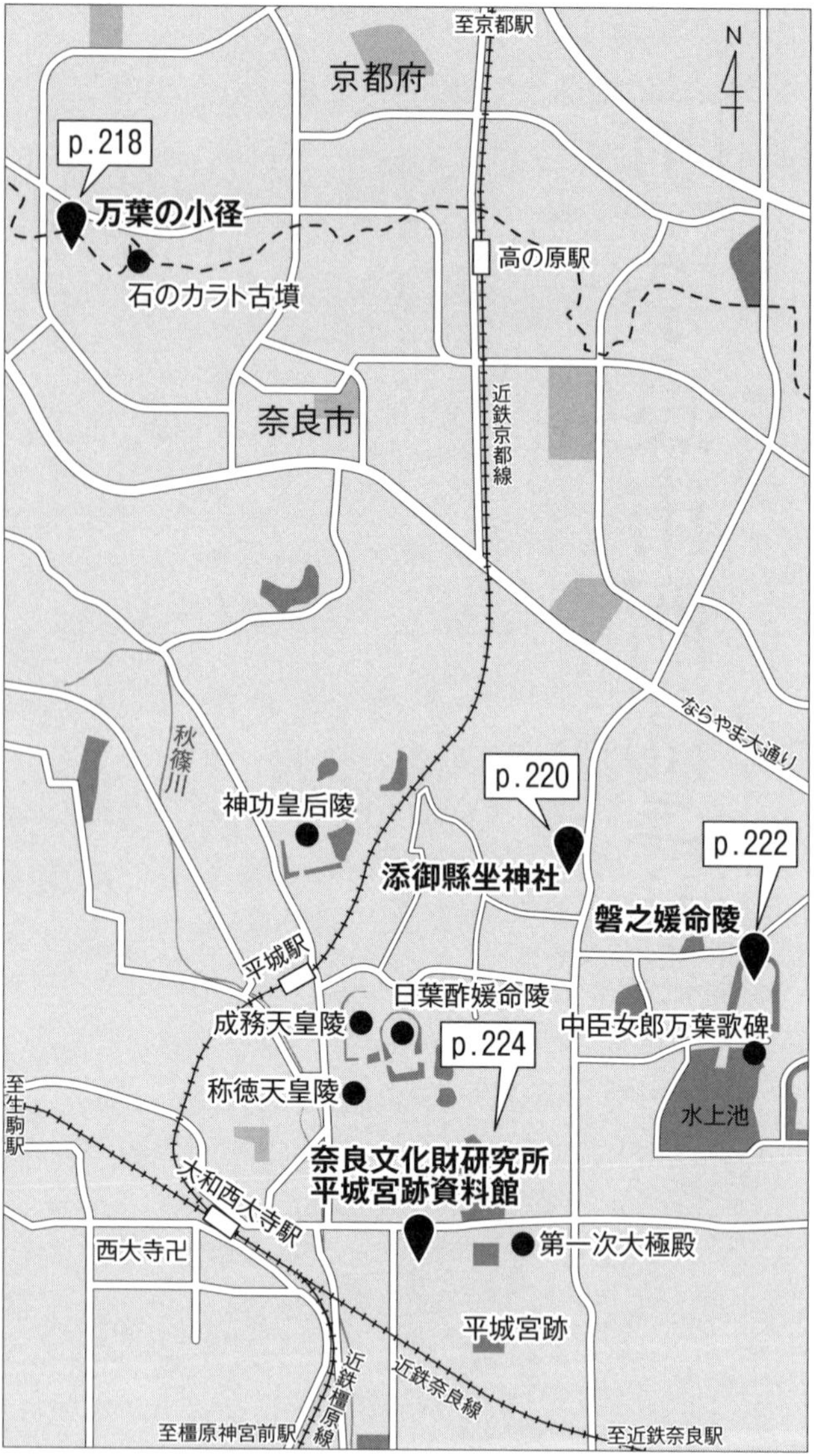
至京都駅
京都府
N
p.218
万葉の小径
石のカラト古墳
高の原駅
奈良市
近鉄京都線
ならやま大通り
秋篠川
p.220
神功皇后陵
添御縣坐神社
p.222
磐之媛命陵
平城駅
日葉酢媛命陵
成務天皇陵
中臣女郎万葉歌碑
p.224
称徳天皇陵
水上池
至生駒駅
奈良文化財研究所
平城宮跡資料館
大和西大寺駅
第一次大極殿
西大寺卍
平城宮跡
近鉄橿原線
近鉄奈良線
至橿原神宮前駅
至近鉄奈良駅

至生駒駅
至京都駅
大和西大寺駅
奈良文化財研究所
平城宮跡資料館
N
西大寺卍
平城宮跡
p.232
p.226
近鉄奈良線
菅原天満宮
朱雀門
長屋王邸跡
至近鉄奈良駅
喜光寺卍
p.228,230
308
尼ヶ辻駅
垂仁天皇陵
秋篠川
佐保川
唐招提寺卍
24
p.234
西ノ京駅
卍薬師寺
至奈良駅
大池
近鉄橿原線
JR関西本（大和路）線
p.238
辰市神社
九条駅
平城京東市跡
平城京西市跡
p.236
至橿原神宮前駅
至王寺駅

高の原

平城・相楽ニュータウンの「万葉の小径」

秋さらば今も見るごと妻恋《つまご》ひに鹿《か》鳴かむ山そ高野原《たかのはら》の上《うへ》

長皇子《ながのみこ》（①八四）

（原文）秋去者　今毛見如　妻戀尓　鹿将鳴山曽　高野原之宇倍

（訳文）秋になると、今も見るように妻を恋うて鹿が鳴く山なのだ。この高野原の上は。

この歌は長皇子（天武天皇の皇子）が佐紀の自邸に志貴《しき》皇子（天智天皇の皇子）を招いて、ともに宴をした時に詠んだ歌です。鳴いているのは相手のいない「独《ひと》り」の雄鹿で、物悲しい秋を一層引き立てます。「今も見るごと」とは、鹿の絵を見ながら詠んだものと考えられています。「高野原」は佐紀北方の丘陵地を指すようです。

佐紀の宮の位置は不明ですが、歌碑は近鉄高の原駅改札口のすぐ外にあります。今は平城《へいじょう》・相楽《そうらく》ニュータウンの巨大な住宅地で、万葉の雰囲気は一見失われたように見えますが、駅前広場の階段を上ると、緑が多い静かな散歩道になっています。

十五分ばかり歩くと「石のカラト古墳」があります。国史跡指定の上円下方墳《じょうえんかほうふん》という珍しい古墳なので、必見です。

近くに「万葉の小径《こみち》」があります。奈良時代には北へ向かう「山背道《やましろみち》」が通った所といわれています。四種類の説明板と、植物を詠んだ万葉歌碑三十六首が続き、関連植物も植えられています。（酒井良子）

奈良山に憩う万葉の小径。全長約300㍍

【万葉の小径と万葉歌碑】

所奈良市神功4

交近鉄高の原駅下車徒歩約15分

平城山越え

平城宮跡から北へ平城山越えの道

佐保《さほ》過ぎて奈良《なら》の手向《たむ》けに置く幣《ぬさ》は妹《いも》を目離《めか》れず相見《あひみ》しめとそ
長屋王《ながやのおほきみ》（③三〇〇）

（原文）佐保過而　寧樂乃手祭尓　置幣者　妹乎目不離　相見染跡衣

（訳文）佐保を過ぎて奈良山の峠の神に手向けとして置く幣は、あの人にたえず逢えるようにしてほしいという願いからだ。

昭和六十三年（一九八八）奈良市大宮通りの百貨店建設予定地から、大量の木簡などが発掘されました。平城宮に隣接した左大臣の長屋王の邸宅跡です。悲劇の皇族が一躍話題の人になりました。邸宅の跡が特定され、出土した大量の木簡の文字は当時を伝え、多くの歴史を明らかにしました。この歌は、長屋王が佐保を過ぎて平城山《ならやま》（奈良山）越えで旅に出たときの感慨が詠まれ、幣を捧げて夫人との再会を期待する気持ちが込められています。幣とは神に祈る時に捧げ、また祓《はら》いに使う、紙・麻などを切って垂らしたものです。

添御縣坐神社《そうのみあがたにます》は、平城宮跡から北に一キロほどの場所に広がるのどかな農村集落・歌姫の里(佐紀)にあります。神社には長屋王と菅原道真《すがわらのみちざね》の歌碑があります。

主要道路から一歩入り込むと磐之媛命《いわのひめのみこと》陵や成務《せいむ》天皇陵など「佐紀盾列《さきたてなみ》古墳群」があります。平城宮の庭園「松林苑《しょうりんえん》」跡のかすかな築地塀跡などもあり、あたりは今もかつての静けさを伝えています。

(松森重博)

奈良市歌姫町に静かにたたずむ小道

【添御縣坐神社】

所 奈良市歌姫町999

交 近鉄大和西大寺駅からバス「歌姫町」下車徒歩約5分

佐紀沢

平城宮の北縁、周辺には佐紀盾列古墳群

女郎花《をみなへし》咲く沢《さは》に生《お》ふる花かつみかつても知らぬ恋もするかも

中臣女郎《なかとみのいらつめ》（④六七五）

（原文）娘子部四　咲澤二生流　花勝見　都毛不知　戀裳摺可聞

（訳文）女郎花の咲く沢に生える花かつみではないが、かつても（まったく）経験したことのない恋もすることだ。

この歌は、中臣女郎が大伴家持《おおとものやかもち》に贈った恋の歌五首の一つです。彼女はこの佐紀のあたりに住んでいたともいわれています。恋多く情熱的な女性だったようです。

佐紀の地は、平城宮の北縁に位置しています。佐紀盾列《さきたてなみ》古墳群と呼ばれる日本最大級の古墳群の一つで、大型前方後円墳の天皇・皇后の陵《みささぎ》比定地があり、池が点在する緑に覆われた地です。

歌碑は仁徳天皇の皇后・磐之媛命《いわのひめのみこと》陵の前方、南東側の水上池《みずかみいけ》を見渡す「奈良西の京斑鳩自転車道」の脇にあります。

ここからは、満々と水をたたえた広大な池越しに、平城宮の大極殿大屋根の鴟尾《しび》が金色に輝いて見えます。池沿いの道を歩くと、東には若草山、三笠山（御蓋山《みかさやま》）、高円山《たかまどやま》が、西には生駒山が望め、空が大きく感じられる気持ちのいい場所です。

夏には、磐之媛命陵の周濠《しゅうごう》に、紫色のカキツバタ・花ショウブ（この歌にある花かつみともいわれる）やスイレンが咲いて、心がいやされます。


（青木章二）

水上池越しに平城宮大極殿の大屋根・鴟尾を望む

【磐之媛命陵南の水上池】

所奈良市佐紀町1209（歌碑） 交JR・近鉄奈良駅からバス「航空自衛隊」下車徒歩約10分

平城京の大宮人

梅をかざして野に遊ぶ

ももしきの大宮人《おほみやひと》は暇《いとま》あれや梅をかざしてここに集《つど》へる

作者未詳（⑩一八八三）

（原文）百礒城之　大宮人者　暇有也　梅乎挿頭而　此間集有

（訳文）ももしきの大宮人は暇があるからか、梅を挿頭《かざし》にして、ここに集まっていることだ。

題詞に「野遊び」とある四首のうちの一首です。野遊びは、春の一日、野に出て楽しむ行事。宮中に仕える大宮人は、春日野《かすがの》や飛火野《とびひの》などで野遊びに興じました。梅の枝を髪に挿して飾りにすることは、季節の植物の生命力をいただくことであり、また風流の遊びでもあったようです。元号「令和」の由来となった「梅花の歌」にも、都を遠く離れた太宰府の地で、梅を髪に挿し、宴を楽しむ歌が詠まれています。

梅の花折りかざしつつ諸人《もろひと》の

遊ぶを見れば都しぞ思ふ　（⑤八四三）

梅は、中国から伝来したばかりの珍しい植物で、当時の貴族たちに愛されました。万葉集には、百十九首も詠まれています。

新古今和歌集では、下句を梅から桜へと変え、山部赤人《やまべのあかひと》の作として収録しています。

ももしきの大宮人はいとまあれや

桜かざして今日も暮らしつ　（一〇四）

春の花の代表が、平安時代には桜へと変化したことがわかります。

（山﨑愛子）

平城宮跡の梅林と大極殿（提供：平城宮跡管理センター）

【平城宮跡の梅林】

所 奈良市佐紀町247-1（平城宮跡資料館）

交 近鉄大和西大寺駅下車徒歩約10分

長屋王邸跡

千三百年前の木簡でわかった邸宅跡

大君《おほきみ》の命《みこと》畏《かしこ》み大殯《おほあらき》の時にはあらねど雲隠《くもがく》ります

倉橋部女王《くらはしべのおほきみ》（③四四一）

（原文）大皇之　命恐　大荒城乃　時尓波不有跡　雲隠座

（訳文）大君のご命令を畏んで、殯宮《ひんきゅう》を営むべき時ではないのに、雲に隠れておいでになることだ。

昭和六十三年（一九八八）奈良市二条大路南一丁目の百貨店建設予定地から、建物跡、大量の木簡《もっかん》、土器などが発見されました。木簡の文字から、奈良時代の長屋王邸跡と判明しました。現在「ミ・ナーラ」の前の舗道に説明碑があります。長屋王は、天武天皇の孫にあたる皇族で、左大臣として政治の首班を執《と》り、また邸宅に天皇や貴族を招き曲水《きょくすい》の宴《えん》を催すなど、風雅の人でもありました。

しかし、藤原氏との対立から謀反《むほん》の疑いをかけられ、天皇の命を受け、正室の吉備《きび》内親王《ないしんのう》や四人の息子たちとともに自害させられました。

この歌は、長屋王との詳しい関係は不明ながら、倉橋部女王が王の非業の死を悲しんだ挽歌です。

長屋王邸跡から西に歩くと平城宮跡があります。この道を長屋王も通ったのでしょうか。平城宮跡に復元された第一次大極殿《だいごくでん》の「大極殿」扁額《へんがく》の文字は、和銅五年（七一五）のいわゆる「長屋王願経《ながやおうがんきょう》」から集字されたものです。


（森屋美穂子）

長屋王邸跡に建つ商業施設、ミ・ナーラと説明碑

【長屋王邸跡】
所奈良市二条大路南1-3-1（ミ・ナーラ）
交近鉄新大宮駅下車徒歩約15分

平城宮跡（一）

大宰府の地から奈良の都を懐かしむ

あをによし寧楽《なら》の都《みやこ》は咲く花のにほふがごとく今盛《さか》りなり

小野老《をののおゆ》（③三二八）

（原文）青丹吉　寧樂乃京師者　咲花乃　薫如　今盛有

（訳文）青土《あおに》も美しい奈良の都は、咲き誇る花が美しく映えるように今真っ盛りである。

この歌は、故郷の平城京を讃美するもので、歴史の教科書にも登場する有名な望郷歌です。大宰少弐《だざいのしょうに》（大宰府の次官）の小野老が、帥《そち》（長官）の大伴旅人《おおとものたびと》の邸宅で詠んだと言われています。大宰府は当時「遠《とお》の朝廷《みかど》」と呼ばれ、平城京に次いで栄えていた外交・防衛の出先でしたが、やはり都の平城京は、殷賑《いんしん》を極め、貴族たちは華やかな生活を謳歌《おうか》していました。

四季の花が咲き誇る平城京ですが、一方、神亀六年（七二九）二月の長屋王の変など不安な政情も続いていました。

老は一時帰京し大宰府に帰任後、十年ぶりの昇進を祝う宴席で、都に家族を残して赴任している同僚に、故郷は栄え平穏であると報告し、平城京讃歌として歌いあげたものといわれています。

この歌を聞いた役人たちは安堵し、都を懐かしく思い出したことでしょう。ふるさとは、遠くにあって思うものです。奈良には、日本の原風景を感じさせる山里が数多くあります。


（波多江重人）

南東側からみた平城宮跡の朱雀門

【平城宮跡の朱雀門】

所奈良市二条大路南4-6-1（朱雀門ひろば） 交近鉄奈良駅・JR奈良駅西口からバス「朱雀門ひろば前」下車すぐ、近鉄奈良駅からぐるっとバス「朱雀門ひろば」下車すぐ

平城宮跡㈡　険しい山道から朱雀大路をしのぶ

あをによし奈良《なら》の大路《おほち》は行《ゆ》きよけどこの山道《やまみち》は行《ゆ》き悪《あ》しかりけり

中臣宅守《なかとみのやかもり》（⑮三七二八）

（原文）安乎尓与之　奈良能於保知波　由吉余家杼　許能山道波　由伎安之可里家利

（訳文）青土《あおに》も美しい奈良の都大路は行きやすいけれど、この山道は行きにくいことよ。

この歌は、実は中臣宅守と佐野弟上娘子《さののおとがみのをとめ》の恋愛事件で越前に流罪になった中臣宅守の嘆きの歌ということです。彼女が、「君が行く道の長手をくり畳《たた》ね焼き滅ぼさむ天の火もがも」（あなたが行く道の、長い道のりを手繰り寄せて畳んで、焼き滅ぼすような天の火がほしい」（⑮三七二四）と遠くに行く宅守を引きとめたい心を歌っているのに対して、宅守は、奈良の幅が広く賑やかな朱雀大路《すざくおおじ》を思い、道中の山道の険しさを嘆いています。そういう深い意味のある歌なのです。平城宮跡の発掘調査が進み、平城宮の様子が解明されつつあります。そして朱雀門《すざくもん》や大極殿《だいごくでん》などの建物が復元され、平城宮跡の様子を見学したり体験できるようになりました。

「奈良を旅する時には、先ず奈良時代の霞ヶ関（官庁街）であり皇居であった平城宮跡を見るように」ということがよく言われます。まさにそのとおり、朱雀門に立ち、両側に柳の木がなびく朱雀大路を眺めて、奈良時代の平城京を実感していただきたいと思います。

（松森重博）

平城宮跡の朱雀門と南に伸びる朱雀大路（幅75メートル）

【朱雀大路と朱雀門】

所奈良市二条大路南4-6-1（朱雀門ひろば）　交近鉄奈良駅・JR奈良駅西口からバス「朱雀門ひろば前」下車すぐ、近鉄奈良駅から ぐるっとバス「朱雀門ひろば」下車すぐ

菅原の里

菅原氏発祥の地と伝わる

大《おほ》き海《うみ》の水底《みなそこ》深く思ひつつ裳《も》引《び》き平《なら》しし菅原《すがはら》の里

石川女郎《いしかはのいらつめ》（⑳四四九一）

（原文）於保吉宇美能　美奈曽己布可久　於毛比都々　毛婢伎奈良之思　須我波良能佐刀

（訳文）大海の水底のように深くあなたのことを思いながら、裳裾《もすそ》を引いて地をならした菅原の里よ。

この歌は天平宝字元年（七五七）、平城京の王族宅の宴席で披露されたとみられます。菅原は平城京右京（西半分）の北は二条、南は四条の間の地域ですが、石川女郎の住居の詳しい場所は不明です。夫は藤原式家の宇合《うまかい》の第二子とされる宿奈麻呂《すくなまろ》（七一六～七七七）。離別された彼女は、かつて菅原の里で夫を待ちわびた日々に思いを巡らせ、沈痛な心情を吐露しています。

宿奈麻呂は兄の藤原広嗣《ひろつぐ》の乱に二十歳代で連座し伊豆に流罪《るざい》、従兄《いとこ》の藤原仲麻呂の乱では四十歳代で鎮圧部隊を率いました。後に良継に改名、内大臣まで昇進しました。

離別の理由も彼女のその後も不明です。三十歳代の彼は越前守《えちぜんのかみ》、相模守《さがみのかみ》など地方官が続いて妻問い婚を続けられず、彼女のためあえて離別を選んだとも考えられます。

近鉄大和西大寺駅から南に進むと菅原道真を祀る菅原天満宮に至ります。菅原は菅原氏発祥の地とされ、天満宮は早春の盆梅展が人気です。近くの喜光寺《きこうじ》は奈良時代に行基《ぎょうき》が創建。夏にハスが咲き誇る境内に石川女郎の歌碑があります。（久門たつお）

菅原氏発祥とされる地に鎮座する菅原天満宮

【菅原天満宮】
所奈良市菅原東1-15-1　交近鉄尼ヶ辻駅下車徒歩約10分または近鉄大和西大寺駅下車徒歩約15分

勝間田池（大池）

東に薬師寺伽藍、若草山。千三百年続く絶景

勝間田《かつまた》の池は我《われ》知る蓮《はちす》なししか言ふ君が鬚《ひげ》なきごとし

作者未詳（⑯三八三五）

（原文）勝間田之　池者我知　蓮無　然言君之　鬚無如之

（訳文）勝間田の池は私はよく知っているが、蓮はない。蓮があると言うあなたに、鬚がないのと同じだ。

この歌は題詞《だいし》に新田部親王《にいたべしんのう》に献上した歌とあり、さらに注記がついています。新田部親王が遊びに出かけ家に戻った後、おつきの婦人に「勝間田池には水面にとうとうと浪が立ち、蓮の花が輝くようであった」とほめちぎり伝えると、婦人は「勝間田池には蓮など咲いていませんし、あなたに鬚がないように」と嫌味を詠んで返したといわれています。今も男と女の仲はこ

の歌のように微妙なものです。

　勝間田の池という名の池は、今はありませんが、奈良市西ノ京にある薬師寺の塔をうつす大池が万葉集に詠まれた勝間田の池であるといわれています。地元では、薬師寺をつくる時、地盤改良のため、この場所から土砂を運び土地をならした。その後に出来た穴を池にしたといわれています。

　満々と水をたたえる池越しに、薬師寺の東西両塔、金堂の大屋根、その奥に興福寺の五重塔、東大寺大仏殿、若草山を見渡すことができる絶景ポイントです。奈良県の景観資産、奈良市の重点眺望景観にも指定されています。

（青木章二）

大池から望む薬師寺、興福寺、東大寺、若草山

【勝間田池（大池）】
所奈良市七条二丁目
交近鉄西ノ京駅下車徒歩約15分

平城京・東の市

人々の暮らしを支える国営の市場

東《ひむがし》の市《いち》の植木《うゑき》の木足《こだ》るまで逢《あ》はず久《ひさ》しみうべ恋ひにけり

門部王《かどべのおほきみ》（③三一〇）

（原文）東 市之殖木乃　木足左右　不相久美　宇倍戀尓家利

（訳文）東の市に植えた木が枝葉を茂り伸ばすまでずっと長く逢わずにいるので、なるほどすっかり恋してしまったことだ。

平城京では、朱雀大路《すざくおおじ》をはさんで東西に市がおかれました。東の市が設けられたのは、左京八条三坊、現在の奈良市東九条町《とうくじょうちょう》・杏町《からももちょう》あたりといわれています。面積約七万平方メートル、東京ドーム約一・五個分と広大な市場で、日本全国から集まってきた穀物、農産物、海産物、日用品、布や装飾品、農具や武具、牛馬まで売られていました。

市には木陰を作るために、食用になる橘・杏《あんず》などが街路樹として植えられていました。当時「からもも」といわれていた杏が植えられていたのかもしれません。

枝葉がみずみずしく茂るほど、長い間逢っていない恋人へのつのる思いを詠んでいますが、実際には題詠だったようです。

東の市の跡は、今は田畑が残る静かな住宅地となっていて、当時の賑わいを感じることはできません。

武甕槌命《たけみかづちのみこと》が茨城県の鹿島から春日の三笠山(御蓋山《みかさやま》)へお遷《うつ》りになる際に、お供をした中臣時風《なかとみのときふう》・秀行《ひでつら》兄弟ゆかりの辰市《たついち》神社に歌碑があります。

(山﨑愛子)

武甕槌命、経津主命《ふつぬしのみこと》を祀る辰市神社本殿

【辰市神社】

所 奈良市杏町64

交 近鉄・JR奈良駅からバス「杏南町」下車徒歩約5分

平城京・西の市

大和郡山市九条町にあった国営の市

西《にし》の市《いち》にただ独《ひと》り出《い》でて目並《めなら》べず買ひてし絹《きぬ》の商《あき》じこりかも

作者未詳 （⑦一二六四）

（原文） 西市尓　但獨出而　眼不並　買師絹之　商自許里鴨

（訳文） 西の市に一人で出かけて行って、自分の目だけで見て買ってしまった絹の、買い損ないであったことよ。

平城京の「西の市」は、右京八条二坊（現・大和郡山市九条町）にありました。東の市と共に食料・衣料・日常用品などを取り扱い、役人や庶民など（五万人から十万人）の生活を支えていました。「調《ちょう》」という税として納めた絹などの特産品は、庶民自身が苦労して地方から都へ運びました。この絹が役人の俸禄《ほうろく》ともなり、市場で売却され、他の商品とも交換されました。

この歌は、市へ一人で行って、他の品と比べもしないで絹を買ったので買い損なった、と嘆いています。

一説には、買損じを詠んだ歌ではなく、歌垣《うたがき》で軽率に相手を選んでしまった、という嘆きを暗示する歌だとされます。

歌碑から北方を眺めると、肉眼でもくっきりと薬師寺東塔が見えます。塔を眺めながら、詠み手はどのような人物か、高価な絹をどんな目的で購入したのかなど、当時の人々の生活を思い描きながら、この歌に隠された真意を探り、自分自身の買損じの失敗例とも重ねながら、様々に想像するのも楽しいものです。

（浅井博明）

左から平城京西市跡碑と歌碑、背後の堤は秋篠川（西堀川）

【平城京西市跡碑と万葉歌碑】
所大和郡山市九条町265-4
交近鉄九条駅下車徒歩約10分

万葉びとの宴と酒

新元号「令和」命名の出典は、万葉集巻五「梅花の歌三十二首〔并《あわ》せて序〕」の序にある「時に、初春の令月《れいげつ》にして、気淑《よ》く風和《やわら》ぐ」でした。

宴会には酒がつきものです。万葉集の歌の中にも宴や酒が数多く登場します。一方、「味《うま》酒《さけ》」が「三輪」にかかる枕詞として用いられているように、神に捧げる神聖な供物として大切に扱われてきました。

当時はどんな酒があったのでしょうか。「濁酒《にごりざけ》」（今でいうドブロク）と「清酒《すみさけ》」といわれる布で糟《かす》をしぼった透き通った酒がありました。また、クサギという植物の灰を入れた「黒酒《くろき》」と入れない「白酒《しろき》」は、儀式専用の酒だったようです。今でも率川《いさがわ》神社の三枝祭《さいくさのまつり》（ゆりまつり）などの祭事で用いられています。

平城宮跡からは、造酒司《みきのつかさ》（ぞうしゅし）の跡が発掘されています。宮内で消費する酒や酢の醸造を掌《つかさど》る役所で、内裏に進上されるとともに、様々な神事や饗宴に用いられました。遺構展示館の南東には、酒造に使用されていた井戸の復元模型が展示されています。

（石田一雄）

11 奈良市東部エリア

N
奈良奥山ドライブウェイ
▲若草山
A
p.262
春日野園地
春日大社
p.260
三笠山
(御蓋山)
p.258
飛火野園地
奈良市
滝坂の道
p.268
白毫寺
高円山ドライブウェイ
B
C

N
p.250
狭岡神社
p.252
聖武天皇陵
p.244
佐保川
佐保川
至加茂駅
p.246
p.248
佐保せせらぎの里
佐保川「倉城橋」
正倉院
東大寺卍
p.256
169
吉城川
依水園
至大和西大寺駅
近鉄奈良線
369
近鉄奈良駅
氷室神社
興福寺卍
p.264
片岡梅林
率川神社
猿沢池
JR 奈良駅
p.254
瑜伽神社
鷺池
JR関西本(大和路)線
JR桜井(万葉まほろば)線
p.266
至王寺駅
至高田駅

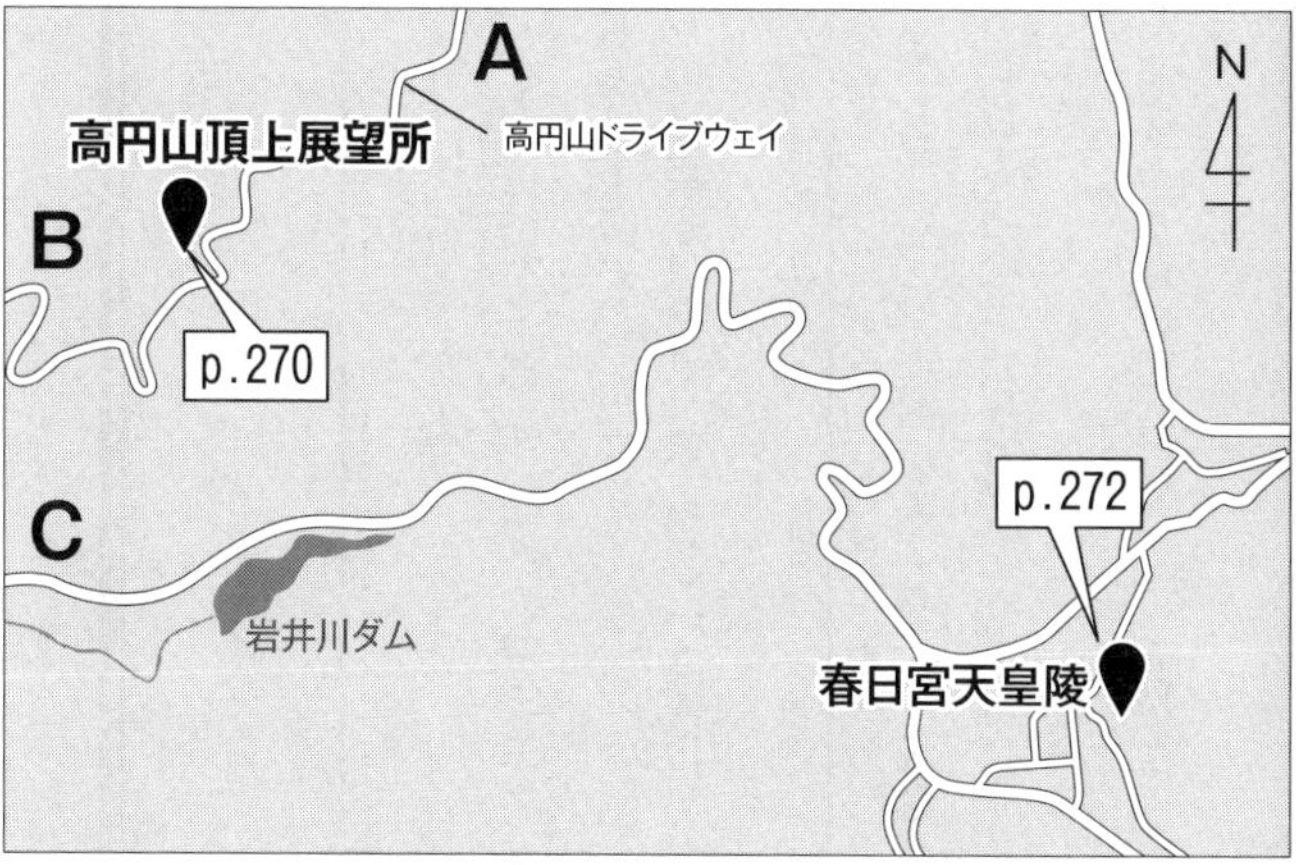
A
N
高円山頂上展望所
高円山ドライブウェイ
B
p.270
C
岩井川ダム
p.272
春日宮天皇陵

佐保川（一）

川辺に芽吹く柳が春の訪れを告げる

うち上《のぼ》る佐保《さほ》の河原《かはら》の青柳《あをやぎ》は今は春へとなりにけるかも

大伴坂上郎女《おほとものさかのうへのいらつめ》（⑧一四三三）

（原文）打上　佐保能河原之　青柳者　今者春部登　成尓鶏類鴨

（訳文）川に沿って上っていく佐保の河原の青柳は、いまやすっかり春らしい風情《ふぜい》になったことよ。

佐保路《さほじ》（一条通り）は平城宮から東にまっすぐ伸びていました。その道沿いの一帯が「佐保」と呼ばれる地です。北側の左京一条あたり、山が迫り高みに臨むところに大伴氏一族の邸宅があったとされます。

春日山の鶯《うぐいす》の滝付近を源とする佐保川は佐保路と交差したあと、ほぼ平行に西へ下ります。

途中で吉城川《よしきがわ》、率川《いさがわ》、岩井川と合流し、南へ向きを変えて更に下流で初瀬川《はせがわ》と合流し、大和川となって大阪湾に注ぎます。

当時の河原には柳が茂り、千鳥や河蝦《かじか》の鳴き声が響いていました。

坂上郎女は邸宅を出て、春の風光を浴びて佐保の河原を歩みます。「うち上る」は流れに沿ってさかのぼる春の歩みと息づかいが感じられます。

あたりは柳が青く生き生きと芽吹き、すっかり春の風情になっています。

彼女にとって邸宅に連なる「佐保の河原の青柳」は、春を一身に感じるシンボルだったようです。

（島田宗人）

佐保の里を西に下る佐保川。奥は佐保山の麓

【佐保の河原】

所 奈良市川上町562

交 近鉄奈良駅からバス「今在家」下車徒歩約10分

佐保川(二)　恋人が馬で渡ってきた川

佐保川《さほがは》の小石《こいし》踏《ふ》み渡りぬばたまの黒馬《くろま》の来《く》る夜《よ》は年《とし》にもあらぬか

大伴坂上郎女《おほとものさかのうへのいらつめ》（④五二五）

（原文）狭穂河乃　小石踐渡　夜干玉之　黒馬之来夜者　年尓母有粳

（訳文）佐保川の小石を踏み渡って、ぬばたまの闇の中を黒馬に乗ったあなたがやって来る夜は、年に一度でもあってくれないものか。

作者は大伴家持《やかもち》の叔母の大伴坂上郎女で、万葉集収録の歌数では三番目に多い歌人です。恋多き郎女は、十三歳頃に穂積親王《ほづみしんのう》、次にこの歌の相手の藤原麻呂《ふじわらのまろ》(不比等の四男)、そして大伴宿奈麻呂《すくなまろ》と一緒になっています。この歌は藤原麻呂から贈られた三首に応える相聞歌《そうもんか》です。郎女は、佐保川の北、法蓮町の興福院《こんぶいん》と奈良高校の間の丘陵に住んでいたと言われます。

二条大路の長屋王邸の北側に住んでいた藤原麻呂が、西の方から黒馬で佐保川を渡って来るのを待ち焦がれている歌です。

枕詞《まくらことば》「ぬばたま」はヒオウギの黒い実で、「黒」と「夜」にかかります。漢字は「夜干玉」の他に「野干玉」、「烏玉」、「奴婆多麻」等があります。

昭和二十八年(一九五三)台風十三号で、川が氾濫、大洪水となり、約二五〇〇戸が床上浸水し、付近の住民は舟で避難したことがありました。五年前には奈良時代の洪水跡がこの流域で発見されました。

今は、桜並木の続くのどかな佐保川を見ていると、心が癒されます。　(平越真澄)

清らかに流れる佐保川の川原

【佐保せせらぎの里(親水施設)】

所奈良市法蓮町270-2

交JR・近鉄奈良駅下車徒歩約15分

佐保川（三）

千鳥や河鹿が鳴いていた清流

佐保川《さほがは》の清き河原《かはら》に鳴く千鳥《ちどり》かはづと二《ふた》つ忘れかねつも

作者未詳（⑦一一二三）

（原文）佐保河之　清河原尓　鳴知鳥　河津跡二　忘金都毛

（訳文）佐保川の清らかな河原で鳴く千鳥、それに河鹿《かじか》との二つが、どうにも忘れられない。

佐保川は、春日山の鶯《うぐいす》の滝付近を源流として、平城京外京《げきょう》の北辺を西に流れ、途中方向をかえて左京内を南に流れ、羅城門《らじょうもん》付近を抜けて、大和川に合流、難波津《なにわっ》（当時）へと至ります。流れは清らかで、河畔は緑濃く鳥や蛍などの生き物に恵まれ、四季折々の景観を醸《かも》し出す貴重な空間で、平城京の住人の憩い場として、また男女の逢瀬《おうせ》の場として親しまれていました。

「河津」は「カジカガエル」とされています。「千鳥」は、「河川の中流から上流域の河原や砂礫《されき》地に棲んでいる「イカルチドリ」とする説もあります。ともに美しい鳴き声で知られています。

今の川の堤を歩いても、「河津」や「千鳥」には会えませんが、他の水鳥、蛙や虫などの鳴き声を聴くことはできます。

ひとりで足を止めて耳を澄ますと、小さな生き物の鳴き声が、万葉の世界へと誘ってくれます。

ふたりで耳を澄ますと、鳴き声が共鳴して、男女の仲をとりもつエールになるかもしれません。

（浅井博明）

歌碑近くの倉城橋《くらしろばし》から若草山を望む。両岸には桜並木。

【佐保川（倉城橋）】
所奈良市法連町229-1（佐保川小学校の南門付近）
交近鉄新大宮駅下車徒歩約15分

奈良山

家持をたじたじにさせた笠女郎の恋

君に恋ひいたもすべなみ奈良山《ならやま》の小松《こまつ》が下《した》に立ち嘆《なげ》くかも
笠女郎《かさのいらつめ》（④五九三）

（原文）君尓戀　痛毛為便無見　楢山之　小松下尓　立嘆鴨

（訳文）あなたが恋しくてどうしようもないので、奈良山の小松の下に立ち出て嘆いていることだ。

作者の笠女郎は大伴家持に二十九首の歌を贈っていますが、二十九首全て家持に対する恋の歌です。家持が歌を交わした女性は山口女王《やまぐちのおおきみ》や紀女郎《きのいらつめ》など約二十人いますが、その内の一人が笠女郎で最も積極的に家持に恋した女性です。一途に片恋した笠女郎がいじらしくなります。

奈良山は佐保の内（佐保川右岸）にあった大伴家の邸宅からは目と鼻の先にある丘陵です。

大伴邸の場所はホテルリガーレ春日野辺りと推定する説もありますが、狭岡《さおか》神社にこの歌の歌碑があり、笠女郎がこの辺りの小松の下に立って家持の住む家を見下ろし歌ったと想像してみてはいかがでしょうか。

狭岡神社へは近鉄奈良線新大宮駅で下車、北へ行くと佐保川にでます。橋を渡り桜並木の佐保川右岸に沿って東へ行くと佐保川小学校の南側にでます。そこには別の歌の歌碑があります。さらに進み、ＪＲ大和路線の踏切を渡り左に下る道をまっすぐ行くと一条通りに出ます。そこを左折し信号を北に向かうと奥にこんもりとした森が見えます。そこが狭岡神社です。（米谷　潔）

狭岡神社の坂の参道にある万葉歌碑付近から見下ろす

【狭岡神社】

所奈良市法蓮町609-1　交近鉄奈良線新大宮駅下車徒歩約25分またはJR・近鉄奈良駅からバス「教育大学附属中学校」下車徒歩約5分

東大寺大仏

聖武天皇の悲願、国家的大プロジェクト

天皇《すめろき》の御代《みよ》栄えむと東《あづま》なる陸奥山《みちのくやま》に金《くがね》花咲《さ》く

大伴家持《おほとものやかもち》（⑱四〇九七）

（原文）須賣呂伎能　御代佐可延牟等　阿頭麻奈流　美知乃久夜麻尓　金花佐久

（訳文）天皇の御代が繁栄するようにと、東の国の陸奥《みちのく》の山に金の花が咲くことよ。

この歌は、天平二十一年（七四九）大仏造立の際、塗金する大量の金が不足していたところ、陸奥の小田なる山（宮城県遠田《とおだ》郡涌谷《わくや》町）より金が産出し、聖武天皇がこれを喜ぶ詔《みことのり》を出し、天平感宝元年（七四九）と改元した時のものです。当時、大伴家持は、越中国守《くにのかみ》として赴任中で、歌を作り祝福しました。詔を寿《ことほ》ぐ長歌一首と反歌三首の最後の一首です。

天皇は、皇太子を幼くして亡くし、また政変、飢饉、大地震、大凶作、天然痘流行など次々に起こる災難で「責めはわれ一人なり」とたいへん苦しみました。

何とかしなければと痛切に思い、仏教の力で天地が安泰となり、動植物がみな栄えることを欲し、国中が一つになる政治を大仏造立で実現しようとしました。

しかし、最後の金が足りない。そんな時、陸奥で金が産出されました。その感動と喜びはいかばかりだったことでしょう。

造立当時、黄金に輝いていた大仏さまを想像しながら、御陵にお参りしてみてはいかがでしょうか。

（増田優子）

御陵では毎年5月3日に山陵祭が営まれる

【聖武天皇陵】

所奈良市法蓮町　交近鉄奈良駅からバス「手貝町」または「法蓮仲町」下車徒歩約5分

率川

万葉びとが川岸を歩いた奈良時代の清流

葉根蘰《はねかづら》今する妹《いも》をうら若みいざ率川《いざかは》の音《おと》のさやけさ

作者未詳（⑦一一一二）

（原文）波祢蘰　今為妹乎　浦若三　去来率去河之　音之清左

（訳文）成女のしるしの葉根蘰を今つけるあの子が初々《ういうい》しいので、「いざ（さあ）」と誘おうとする、その率川の音の何とさやかなことよ。

奈良市本子守町《ほんこもりちょう》に、父母子三神を祀り、毎年六月十七日に行われる三枝祭《さいくさのまつり》（ゆり祭）で有名な率川《いさがわ》神社があります。奈良時代の史書・続日本紀に登場する市内最古の神社と伝わっています。初々しい乙女をさあと誘う、率川の音の清々しさを感じる歌です。

奈良時代に清流であった率川の様子がしのばれます。

その「率川の今」はどこで見られるのでしょうか、ならまちへ探索に出てみます。

率川(正しくは菩提川《ぼだいがわ》)は御蓋山《みかさやま》を発し、春日の森、飛火野、鷺池《さぎいけ》、荒池を経由し、猿沢池の南側に現れます。ここからはならまちの中を公共下水道として西流します。

街角に「絵屋橋」「率川橋」「長幸橋」「柳橋」と昔の橋名石柱が残っているので、いにしえの面影を辿ることができます。

JR奈良駅南の大宮保育園の脇で突然、地表に川の姿を見せます。ここには浄水処理施設があり、地下を流れてきた下水を清流に蘇らせて放流し、恋の窪町で佐保川に合流します。

(鈴木　浩)

奥の浄水処理施設で清水に処理された後、放流される率川

【率川神社】
所奈良市本子守町18番地
交近鉄奈良駅下車徒歩約5分

吉城川（宜寸川）

東大寺門前から依水園・吉城園の間を流れる

我妹子《わぎもこ》に衣春日《ころもかすが》の宜寸川《よしきがは》よしもあらぬか妹《いも》が目を見む

作者未詳（⑫三〇一一）

（原文）吾妹兒尓　衣借香之　宜寸川　因毛有額　妹之目乎将見

（訳文）いとしいあの子に衣を脱ぎ貸す春日の宜寸川ではないが、逢うべきよしでもないものか、あの子の目を見たいことよ。

宜寸川（現在の表記は吉城川）は、奈良公園東部の若草山と三笠山（御蓋山《みかさやま》）の間の谷に発して西流する小川です。東大寺大仏殿への参道の土産物店が途切れたところに橋が架かっています。橋の付近は、絶好の写真スポットになっていて、春の桜、秋の紅葉、夏には川原で涼む鹿の姿と四季に応じて絵になります。少し上流へたどると、小さな滝が連続する、静かな散歩道もあります。

　この歌は、恋人に逢いたい思いを宜寸川に託して歌っています。奈良時代の恋人同士は、別れに際してお互いに衣を交換したようです。衣に残る残り香で別れた恋人をしのんだのでしょうか。「目を見る」は相手に逢うことを意味します。恋人同士が見つめ合うのは、今も変わりません。

　川は、東大寺南大門前から北西に転じ、奈良を代表する庭園・依水園《いすいえん》と吉城園《よしきえん》の間を流れて、奈良市法蓮《ほうれん》町で佐保川に注ぎます。川沿いの道はありませんが、流れをたどって、東大寺の境内から「きたまち」を散策するのも楽しい道です。（石田一雄）

吉城川をさかのぼると小さな滝がある

【吉城川】
所奈良市雑司町　交JR・近鉄奈良駅からバス「東大寺大仏殿・春日大社前」下車徒歩約5分

春日山

大宮人も愛でた美しい黄葉

秋されば春日《かすが》の山の黄葉《もみち》見る寧楽《なら》の都《みやこ》の荒るらく惜《を》しも

大原今城《おほはらのいまき》（⑧一六〇四）

（原文）秋去者　春日山之　黄葉見流　寧樂乃京師乃　荒良久惜毛

（訳文）秋になると春日山の美しい黄葉をいつも見る、奈良の都が荒れていくのが惜しいことだ。

平城京の東に鎮まる春日山の黄葉は、奈良の都の秋に見ることのできる美しい情景でした。現在の平城宮跡からも、東方に春日山原始林の悠久の姿が望めます。

聖武天皇が天平十二年（七四〇）十二月に恭仁京《くにきょう》に遷都したあと、奈良の都が古京となっていきます。大原今城が恭仁京に移った天平十五年（七四三）秋、親交のあった大伴家持《おおとものやかもち》を相手に、忘れられない春日山の黄葉を思い、荒廃していく奈良の都をしのんで歌います。

万葉集では次の歌として、家持の「高円《たかまと》の野辺の秋萩このころの暁《あかとき》露に咲きにけむかも」(⑧一六〇五)が載ります。

家持にとって高円山《たかまどやま》の麓は、叔母・大伴坂上郎女《さかのうえのいらつめ》の別邸があってしばしば遊び、愛着のある地でした。大原今城が春日山の黄葉を思い起せば、家持はそれに応じて、春日山に連なる高円の野辺の秋萩に思いをはせて歌ったものと思われます。

春日山の黄葉も高円の野の秋萩も、自然を愛《め》でる大宮人にとって、秋の抒情の糧《かて》となっていました。

(島田宗人)

飛火野園地から手前に三笠山(御蓋山《みかさやま》)、奥に春日山を望む

【平城宮の東方に鎮まる春日山】
所奈良市春日野町8(飛火野園地)　交JR・近鉄奈良駅からバス「春日大社表参道」下車徒歩約5分

三笠山（御蓋山）

平城京の人々を見守ってきた神の山

春日《かすが》なる三笠《みかさ》の山に月の船出《い》づ　遊士《みやびを》の飲む酒坏《さかづき》に影に見えつつ

作者未詳（⑦一二九五）

（原文）春日在　三笠乃山二　月船出　遊士之　飲酒坏尓　陰尓所見管

（訳文）春日の三笠の山に、月の船が出た。風流な人びとの飲む酒坏に、影を映して見せながら。

空の月を酒杯に浮かべ、船に見立てて詩を詠《えい》ず。いかにも月を愛で、花を愛でし風流の士の洗練された雅《みやび》な宴《うたげ》、五七七・五七七の旋頭歌《せどうか》のリズムに、心地よい風に杯を挙げて月を飲み干す宮人《みやびと》の姿が目に映るようです。

さて三笠山・月・船とくると遣唐使が連想されます。三笠山麓では古来遣唐使など遣外使節の出発にあたり天神地祇《てんじんちぎ》をまつり、その航海の無事を祈りました。あの阿倍仲麻呂の養老元年(七一七)の遣唐使もここで祭祀を行い旅立ちました。「天の原ふりさけ見れば春日なる三笠の山に出し月かも」と唐の明州で詠んだのは、日本出発の際に仰ぎ見たこの山の風景だったのでしょう。

風流の宴に酔う宮人と、命を賭けて海を渡る壮士、春日の神はいろいろな人々の人生を、平城京の昔より見守り続けておられるようです。

明日香村の県立万葉文化館の庭にこの歌碑が立っています。

(大江弘幸)

飛火野園地から望む三笠山(御蓋山《みかさやま》)。神域のため、通常は入山不可

【三笠山(御蓋山)】

所奈良市春日野町　交JR・近鉄奈良駅からバス「東大寺大仏殿・春日大社前」下車すぐ(奈良県立万葉文化館は近鉄橿原神宮前駅からバス「万葉文化館西口」下車すぐ)

春日野(一)

奈良時代も今も、人々が野遊びを楽しむ地

春日野《かすがの》に煙《けぶり》立つ見ゆ娘子《をとめ》らし春野《はるの》のうはぎ摘《つ》みて煮《に》らしも

作者未詳（⑩一八七九）

（原文）春日野尓　煙立所見　嬬嬬等四　春野之菟芽子　採而煮良思文

（訳文）春日野に煙の立ち上がるのが見える。娘子たちであるらしい。春の野の嫁菜《よめな》を摘んで羹《あつもの》に煮ているらしいことよ。

春日大社と東大寺周辺の春日山、三笠山（御蓋山《みかさやま》）や若草山の麓に広がる辺りを古来、春日野と呼びました。春日野は、奈良時代の貴族が野遊びで訪れた場所でした。春となり乙女たちは、うはぎ（嫁菜）を摘み、その場で炊き、煙が上がっている様子が描かれています。現代のような暖房器具もなく厳しい冬がやっと過ぎ、生命の芽吹きが感じられる春に、その生命そのものを摘んで調理する乙女たち、なんと晴れやかで初々しい気分の漂う歌でしょう。
嫁菜は主に西日本に自生する野草です。菊に似た香りの若葉を、昔の乙女たちのように煮て食べてみると、ほのかな苦みが春を感じさせます。

春日野には現在、春日大社側に飛火野園《とびひのえん》地《ち》、東大寺側には春日野《かすがの》園地と呼ばれる広大な野原が広がります。

かつて乙女たちが菜を摘んだあたりは、今は春日大社の神の使いで国の天然記念物である「奈良の鹿」がのどかに草を食み、観光客たちがその鹿と遊ぶ地となっています。

（清水千津子）

春日野で草を食む鹿たち。背景に若草山を望む

【春日野の風景】

所奈良市雑司町（春日野園地）交JR・近鉄奈良駅からバス「東大寺大仏殿・春日大社前」下車徒歩約5分

春日野(二)

春日の神々に遣唐使の無事を祈る

春日野《かすがの》に斎《いつ》く三諸《みもろ》の梅の花栄《さか》えてあり待て帰り来《く》るまで

藤原清河《きよかは》 (⑲四二四一)

(原文) 春日野尓　伊都久三諸乃　梅花　榮而在待　還来麻泥

(訳文) 春日野に身を清めて祭る社《やしろ》の梅の花よ、咲き誇ったままずっと待っていてくれ。私が帰って来るまで。

天平勝宝四年(七五二)大仏開眼《かいげん》の年、遣唐大使・藤原清河は、新国家建設の理想に燃え先端文化を持ち帰ろうと命を賭ける人々を率いて海を渡りました。必ず帰ってくると梅に思いを込めて。この歌を詠んだ祭りには、清河の伯母である藤原光明子《こうみょうし》(光明皇后)も参拝しており、春日の神々に無事な船旅を祈った歌一首(⑲四二四〇)を清河に贈っています。

さて往路は全四隻とも無事たどり着き、長安で玄宗皇帝に謁見、清河は「君子人なり」と称賛されました。翌年在唐長きに及んでいた阿倍仲麻呂を伴って帰国の途につきました。唐僧・鑑真も第二船に乗り込んでいました。

三隻は波頭を乗り越え日本にたどり着きましたが、清河の第一船は難破し南方に漂着、原住民の襲撃により多くが命を落としました。仲麻呂と共に辛くも長安に戻った清河は、唐に仕え帰国の機会を待ちますが、春日野の梅を思いつつ、無念にも唐土に客死、平城京に戻ることはありませんでした。

（大江弘幸）

奈良公園の梅の名所「片岡梅林」

【片岡梅林】

所奈良市高畑町

交JR・近鉄奈良駅からバス「春日大社表参道」下車すぐ

平城の飛鳥

飛鳥古京をしのびつつ新都を賛美

故郷《ふるさと》の飛鳥《あすか》はあれどあをによし平城《なら》の明日香《あすか》を見らくしよしも

大伴坂上郎女《おほとものさかのうへのいらつめ》（⑥九九二）

（原文）古郷之　飛鳥者雖有　青丹吉　平城之明日香乎　見樂思好裳

（訳文）古京となった飛鳥はそれとしてあるけれど、青土《あおに》も美しい奈良の明日香を見るのはすばらしいことだ。

題詞に、大伴坂上郎女の元興寺の里を詠める歌一首とあります。平城京遷都は和銅三年（七一〇）から段階的に行われ、飛鳥にあった蘇我氏の法興寺《ほうこうじ》を移して養老二年（七一八）、元興寺《がんごうじ》が建立されました。元興寺を見下ろす瑜伽《ゆうが》神社・天神社付近の高台からは、昔は南に大和三山が遠望できたそうです。

この歌は古都に思いを残しながらも、新都・平城京の素晴らしさを讃美しています。

大伴坂上郎女は、幼くして天武天皇の皇子・穂積《ほづみ》皇子の妻になりましたが、早くに死別してしまいました。その後異母兄の大伴宿奈麻呂《すくなまろ》の妻となりましたが、またも死別、結婚生活には恵まれませんでした。

大伴旅人《たびと》の妻が亡くなってからは、家を取り仕切る刀自《とじ》となり、幼い家持《やかもち》たちを養育しました。家持に歌を教えたのは、彼女だったようです。

万葉集を代表する女性歌人で、最多の八十四首もの歌が収録されています。

（梶原光恵）

瑜伽神社の石段、途中右側に歌碑がある

【瑜伽神社】

所奈良市高畑町1059

交JR・近鉄奈良駅からバス「奈良ホテル」下車すぐ

高円山

貴族が遊猟し、歌にも詠まれた萩の名所

高円《たかまと》の野辺《のへ》の秋萩《あきはぎ》いたづらに咲きか散るらむ見る人なしに

笠金村《かさのかなむら》歌集（②二三一）

（原文）高圓之　野邊秋芽子　徒　開香将散　見人無尓

（訳文）高円山の野のほとりの秋萩は、空しく咲いては散っているのだろうか。見る人もないままに。

天智《てんじ》天皇の第七皇子、志貴《しき》皇子は霊亀《れいき》元年（七一五）の秋に亡くなりました。その挽歌《ばんか》で葬送の情景を詠んだ長歌とセットになった短歌です。志貴皇子はいくつもの名歌（本書146ページ、272ページ）がある歌人であり、光仁《こうにん》天皇の父として知られます。志貴皇子の山荘は、高円山（標高四三二メートル）の麓にあったらしく、秋になれば萩が群生して咲き乱れました。しかし今その花を愛でる

方はおられず、空しく咲いては散っていきます。皇子の不在を淡々と歌い静かな悲しみを誘います。また独立した一首として鑑賞すると、誰にも見られず咲いて散っていく花への思い入れが生じて、秋らしい寂しさが募ります。

作者は宮廷歌人の笠金村。高円山は貴族が遊猟《ゆうりょう》した場所で、万葉集にはいくつも歌われています。

高円山は、春日山の南に隣りあっています。毎年八月十五日は、諸霊供養《しょれいくよう》の大文字送り火が山肌を染めます。白毫寺は皇子の山荘跡との伝承があり、萩の寺としても有名で境内にこの歌碑が立ちます。（池川愼一）

萩に覆われた白毫寺の参道。寺は高円山の麓にある

【白毫寺】

所奈良市白毫寺町392

交JR・近鉄奈良駅からバス「高畑町」下車徒歩約20分

高円離宮

聖武天皇の離宮での日々をしのぶ

高円の野《の》の上《うへ》の宮は荒れにけり立たしし君の御代《みよ》遠退《とほそ》けば

大伴家持《おほとものやかもち》（⑳四五〇六）

（原文）多加麻刀能　努乃宇倍能美也波　安礼尓家里　多〻志〻伎美能　美与等保曽氣婆

（訳文）高円の野の上の宮は荒れてしまったことだ。そこにお立ちになった大君（聖武）の御代が遠ざかったので。

天平宝字二年（七五八）大伴家持が、二年前に崩御《ほうぎょ》された聖武天皇の高円離宮《たかまどりきゅう》での日々をしのんで詠んだ歌です。中臣清麻呂《なかとみのきよまろ》宅で、知人たちと詠んだ宴歌十首に続く、聖武天皇をしのぶ五首の中の一首です。原文は万葉仮名で書かれていて、同じ「の」でも、能、乃、努など様々な字が使われています。この年は、万葉集最後の歌が詠まれた前年で、宮廷では藤原仲麻呂が台頭し、聖武天皇という支柱をなくした家持には不遇な、喪失感の強い時期でありました。

四年前にも、聖武天皇の良き時代の高円離宮の秋野を回想した六首があります。

昭和五十八年（一九八三）高円高校造成時に遺構が発見され、高円離宮（尾上宮《おのえのみや》）と推定されています。また近くの白毫寺《びゃくごうじ》付近には志貴《しき》皇子の山荘があったとされています。

標高四三二メートルの高円山頂上へは車でも徒歩でも登ることができ、奈良盆地の絶景が一望できます。八月十五日には、諸霊供養《しょれいくよう》の大文字送り火が催され、夏の風物詩となっています。

（平越真澄）

高円山から西方を見下ろす奈良盆地と山々

【高円山頂上展望所】
所奈良市白毫寺町
交JR・近鉄奈良駅からバス「高畑町」下車徒歩約2時間

春日宮天皇陵

田原の里、茶畑に囲まれ静かにたたずむ

石走《いはばし》る垂水《たるみ》の上《うへ》のさ蕨《わらび》の萌《も》え出《い》づる春になりにけるかも

志貴皇子《しきのみこ》（⑧一四一八）

（原文）石激　垂見之上乃　左和良妣乃　毛要出春尓　成来鴨

（訳文）岩の上を水がほとばしる滝のほとりのさ蕨が萌え出る春になったことだなあ。

巻八の冒頭を飾る、春の喜びを歌う教科書でもおなじみの歌です。冬が明け春の気配が感じられる中、みなぎる命の芽が生まれているという、爽《さわ》やかな希望にあふれています。

志貴皇子は天智《てんじ》天皇の皇子ですが、歌人としての才能が豊かで、壬申《じんしん》の乱（六七二年）の後で政権が天武天皇に移ってからも、政治より文化の道に生きた人でした。権力の移り変わりの中でも、萌えいずる春に幸せになれるという希望がこめられているかも知れません。

皇子の死後、思いがけず子の白壁王《しらかべおう》が推されて、光仁《こうにん》天皇として即位した際、春日宮天皇と追尊《ついそん》されました。

田原の里の入口に春日宮天皇陵（田原西陵）があります。石垣の整った参道の先に、茶畑などに囲まれた静かな佇《たたず》まいです。道端の木の間にこの歌の歌碑もあります。近くには光仁天皇陵（田原東陵）もあります。

白毫寺《びゃくごうじ》は皇子の山荘跡といわれ、境内にはその葬送の悲しみを詠んだ笠金村《かさのかなむら》の歌碑もあります（本書268ページ）。

（小野哲朗）

参道の途中から御陵の正面が望める

【春日宮天皇陵（田原西陵）】

所 奈良市矢田原町

交 JR・近鉄奈良駅からバス「田原御陵前」下車徒歩すぐ

万葉の舞台、私の宝もの

奈良市旧市街地は奈良時代、平城京の外京《げきょう》のあたりになり、東大寺や興福寺、春日大社を中心とした文化豊かな地域でした。今も万葉の風情が感じられます。

万葉集には、春日山、三笠山、高円山など奈良市の地名が約二百五十首も詠まれています。平城宮から東大寺転害門《てがいもん》に続く一条大路は現存し、聖武天皇陵付近で佐保川と交わります。

私はその近く、法蓮町で生まれ育ちました。七夕には川に笹を流し、お盆にはお精霊《しょらい》さんを送りました。昭和二十八年(一九五三)の台風で、佐保川が大氾濫《はんらん》して床上浸水し、舟で脱出した恐怖は忘れられません。

小学校は奈良公園の中(現在の県庁)にあり、夏は南大門近くの春日野プールに、冬は春日大社を巡るマラソンに、興福寺五重塔にも登ったり、楽しく活動的な場所でした。

興福院《こんぶいん》への参道入口の西隣には、かつて奈良高校があり、移転後の発掘調査で大伴家持《おおとものやかもち》邸と推定される大邸宅跡が発見されました。その地で万葉集を教わったことに、改めて感銘を受けています。万葉の舞台で生活できたことは私の何よりの宝ものです。(平越真澄)

【万葉集の基礎知識】

一．万葉集という名の由来　※二説があります

①「葉」を「世」の意味に用いて「万の世に伝わるべき歌集」とする説
②「葉」を「歌」の意味に用いて「万の歌を収めた歌集」とする説

二．万葉集の成立

万葉集は現存する日本最古の歌集です。原本は存在せず、一番古いのは平安朝中期ごろの写本で桂本、金沢本などがあります。

最後の歌が天平宝字三年（七五九）一月に大伴家持《おおとものやかもち》が詠んだ歌であることと、家持が亡くなったのが延暦四年（七八五）ということから、奈良時代の末頃（八世紀末）に完成したものと見られています。

三．万葉集の最初の歌

籠《こ》もよ　み籠《こ》持ち　掘串《ふくし》もよ　み掘串《ぶくし》持ち　この岡《をか》に　菜摘《なつ》ます子　家告《の》らせ　名告らさね　そらみつ　大和《やまと》の国は　押しなべて　我《われ》こそ居《を》れ　しきなべて　我《われ》こそ座《ま》せ　我《われ》こそば　告《の》らめ　家をも名をも

雄略天皇（①一）

意味は、籠《かご》よ、見事な籠を持ち、篦《へら》よ、立派な篦を持って、この岡で菜を摘んでおいでのお嬢さん、あなたの家をお名のりなさい。名前をおっしゃい。そらみつ大和《やまと》の国は、すべて私が支配しているのだ。すっかり私が治めているのだ。私こそ明らかにしよう。家柄も名前もとなります。

四．逐次《ちくじ》付け加えられていった歌集

万葉集は全二十巻ですが、全部が一定の方針で一挙に編纂《さん》されたものではありません。もともと成立を異にした巻々が大伴家持の手で整理された後、家持が集めた歌集などを合わせて編纂したものが原形となり、その後も人の手が加わって今の形になったと考えられています。万葉集の中で最も古い部分が巻一と巻二で、以後は逐次付け加えられていった複合歌集です。

五．万葉集の最後の歌

新《あら》しき 年の始《はじめ》の 初春《はつはる》の 今日降る雪の いや重《し》け吉事《よごと》　大伴家持　(⑳四五一六)

意味は、新しい年のはじめである新春の今日降る雪のように、善いことがいよいよ重なるように。となります。

この歌の題詞《だいし》には「三年(天平宝字三年のこと)の春正月一日に、因幡《いなば》の国庁《こくちょう》にして、饗《あへ》を国《くに》郡《こほり》の司《つかさ》らに賜へる宴《うたげ》の歌」とあり、左注《さちゅう》には「右の一首は、守《かみ》大伴宿禰《すくね》家持作れり」とあります。

「題詞」とは、歌の前に書いてある文で、「左注」とは、歌の後ろに書かれている文です。

六．全部で二十巻・約四千五百首

歌に付けられた番号は四五一六番までありますが、重出歌(同じ歌)、類似歌(ここでは一句のみ違う歌)が約十首ずつあり、他に一首に二つの番号が付いた歌(⑥一〇二〇・一〇二一)などがあるので、総数は約四千五百首といわれます。

七．万葉集に登場する地名

●万葉集に出てくる土地は、北海道、青森・秋田・山形・岩手・沖縄の五県を除く日本全土に及んでいます。歌に詠まれている地名数は延べ約二千九百（実数では約千二百）。うち大和の国（奈良県）で歌に詠まれている地名数は延べ約九百（同約三百）と約三分の一にのぼります。「奈良」という名がつくのは五十首余りで 奈良の都・奈良（平城）山などがあります。「奈良の都」と続く歌は二十三首で、そのほとんどが奈良以外の地で詠まれたもので、都への望郷の思いや、恭仁京遷都後の都の荒廃の歎きを詠ったものです。

「吉野」という名がつくのは約六十首。吉野の宮・吉野川など（吉野地方は約八十首）。今は、吉野といえば桜ですが、万葉集では、吉野の桜を詠んだ歌は一首もありません。万葉の時代は、吉野といえば、山か川でした。

「春日《かすが》」という名がつくのは約五十首。春日野・春日山・春日の里など。「明日香」「佐保」「高円《たかまど》」「泊瀬《はつせ》」という名がつくのはそれぞれ約三十首。「三輪」の名がつくのは約十首。

◆万葉集では地名の多くに「枕詞《まくらことば》」がついています。土地につく枕詞は土地に対するほめ言葉で、万葉びとの土地や土地の神への畏敬《いけい》の念の表れと考えられます。また、枕詞は意味を持たない修飾の言葉との説もありますが、被枕詞を強調する言葉としてとらえる考え方もあります。

「あをによし」は奈良の枕詞。本文では、③三二八（228ページ）・⑮三七二八（230ページ）・⑥九九二（266ページ）の三首に「あをによし」が使われています。原文は「青丹吉」や万葉仮名で「安平尓与之」と表記されています。あをによしの意味は、宮殿の青瓦と丹塗りの柱に由来するとか、青土が奈良で産出したことによるなどの説がありますが、当時の帝都であった奈良をほめる言葉としてはもっと大きな視点から、青は五行では「東」を表し、「丹」は赤いもの（太陽）を表すと考え、東から太陽が現れる土地・奈良を飾る言葉として使われたという考え方もあります。

「他の枕詞」。本文では三輪の枕詞として「味酒《うまさけ》」（63ページ）、真神の原の枕詞として「大口の」（110ページ）が解説されています。また、泊瀬《はつせ》の枕詞は「隠口の」で、山あいにある状態を形容しており、本文（25ページ）にも「隠口《こもりく》の泊瀬」で解説されています。

八．その他の主な特徴

●収められた歌の年代は、飛鳥時代から奈良時代まで約百三十年。歌の作者は多く、階層も天皇から庶民まで様々。名前のわかる歌人だけで約五〇〇人でうち女性が約一〇〇人。作者は、天皇・皇族・貴族・官人・庶民・防人・女性など、あらゆる階層の人たちです。

●歌は相聞《そうもん》歌・挽《ばん》歌・雑《ぞう》歌の三つが基本。

「相聞歌」とは、互いに消息を交わしあうことで、主として男女の恋を詠みあう歌。「挽歌」とは、死者を悼み、哀傷する歌。「雑歌」とは、相聞・挽歌以外の歌で、主に宮廷関係の儀礼の歌、旅で詠んだ歌、自然や四季をめでた歌など。そのほか譬喩《ひゆ》歌、羈旅《きりょ》歌、問答歌、東歌《あずまうた》など。万葉集のテーマは、愛と死ではないかと思われます。

●歴史的な事件に関連した歌も多い（万葉集は歴史書でもある）。

有間皇子の謀反②一四一・一四二　追悼の歌②一四三～一四六

大津皇子の事件②一〇五・一〇六、③四一六

●原文はすべて漢字。

万葉集は通常、漢字とひらがなの混じった読み下し文で書かれたものを目にしていますが、

原文は漢字だけの表記になっています。当時、自分の国の言葉を表す文字を持たなかったので漢字を借りて「やまとことば」を表記していました。ただし、題詞と左注の原文は、正式な「漢文」で書かれています。

◆字音によって書かれたものは一字一音で仮名文字と同じような機能を果たしていることと万葉集に多く用いられていることから「万葉仮名」と呼ばれています。本文の中で原文が万葉仮名のみで表記されている歌は、⑳四三八〇（198ページ）、⑳四三九五（210ページ）、⑳四四九一（232ページ）、⑳四五〇六（270ページ）の四首です。

◆動物の声などを漢字で表記した擬声語が歌の中に数多くあり、本文の⑪二八三九（180ページ）の歌では「牛鳴」と書いて「む」と読んでいます。現代では牛の鳴き声は「もー」ですが。他にも、喚犬（犬を呼ぶとき）は「ま」と言い、追馬（馬を追うとき）は「そ」と言ったことから「喚犬」は「ま」と読み、「追馬」を「そ」と読みました。

原　　文　……烟立 春日暮 喚犬追馬鏡 ……　（⑬三三二四）

読み下し文　……烟《けぶり》立つ 春の日暮《ひくら》し 真澄《まそ》鏡……

万葉びとは、「馬声」を「い」と聞き、「蜂音」を「ぶ」と聞いていたのかもしれません。

原　文　垂乳根之 母我養蚕乃 眉隠 馬聲蜂音石花蜘蟵荒鹿 異母二不相而　（⑫二九九一）

読み下し文　たらちねの 母が養《か》ふ蚕《こ》の 繭隠《まよごも》り いぶせくもあるか 妹《いも》に逢はずして

この歌は動物の名が五つ（蚕・馬・蜂・蜘蟵《くも》＝蜘蛛・鹿）も入っている珍しい歌です。

●万葉集の用字法の一つに「義訓」があります。漢字の表す意味を知って訓にあてていました。

㈠「寒」は「冬」、「暖」は「春」。

原　文　寒過 暖来良思 朝烏指 滓鹿能山尓 霞軽引　（⑩一八四四）

読み下し文　冬過ぎて 春来《きた》るらし 朝日さす 春日の山に 霞たなびく

㈡霰《あられ》は丸い雪のような形をしているので「丸雪」と書いて「霰」。

原　文　丸雪降　遠江　吾跡川楊……　（⑦一二九三）

読み下し文　霰降り 遠江《とほつあふみ》の 吾跡川楊《あとかはやなぎ》　……

㈢「火氣」は「けぶり（煙）」。「火の無い所に煙は立たぬ」が思い浮かびます。

原　文　縄乃浦尓　塩焼火氣……　（③三五四）

読み下し文　縄《なは》の浦に 塩《しほ》焼く煙《けぶり》……

●万葉びとには掛け算（九九）の知識がありました。平成二十二年（二〇一〇）十二月に平城宮跡で「九九」を記した八世紀の木簡が出土し、木簡には「一九如九」と書かれていました。万葉集の中で歌われた年がわかる歌があります。文武天皇四年（七〇〇）四月に死去した明日香皇女の殯宮《もがりのみや》の時に柿本人麻呂が作った歌（②一九六）がその一つです。したがって、七世紀後半には貴族や官人は掛け算の知識があったことがわかります。

（一）「十六」と書いて「鹿《しし》・鹿猪《しし》」と読んでいました。〈四×四＝十六〉

原　文……竹玉乎 繁尓貫垂 十六自物 膝折伏……（③三七九）〈大伴坂上郎女〉

読み下し文……竹玉《たかたま》を 繁《しじ》に貫《ぬ》き垂《た》れ 鹿《しし》じもの 膝《ひざ》折り伏して……

（二）「三五」と書いて「もち」と読んでいました。〈三×五＝十五〉

原　文……敷妙之 袖携 鏡成 雖見不猒 三五月之……（②一九六）〈柿本人麻呂〉

読み下し文……敷栲《しきたへ》の 袖携《そでたづさ》はり 鏡なす 見れども飽かず 望月の……

訳　文……敷栲の衣の袖を手に取り合い、鏡のようにいくら見ても見飽きることのない、満月のように……

十五といえば十五夜、陰暦十五夜の月は望月《もちづき》とも言われ、「三五月」と書いて「望月」と読んでいます。あるいは、「十五月」と書いて「望月」と読む歌（⑬三三二四）もあります。

●一番多く詠まれている動物は「ほととぎす」、植物は「萩」

	動物			植物	
一	ほととぎす	約百五十首	一	萩	約百四十首
二	馬	約八十首	二	梅	約百二十首
三	雁(かり)	約七十首	三	松	約八十首
四	鶯(うぐいす)	約五十首	四	橘	約七十首
五	鹿	約五十首	五	菅(すげ)	約六十首

九. 日本は言霊の国

磯城島《しきしま》の 日本《やまと》の国は 言霊《ことだま》の 助くる国ぞ ま幸《さき》くありこそ

柿本人麻呂歌集 (⑬三二五四)

意味は、磯城島の日本の国は、言霊が助けとなる国だ。どうか無事であってほしい。

日本では古来、言霊を信じてきました。言霊とは、言葉に宿る不思議な霊威のことで、その力が働いて言葉通りの事象がもたらされると信じられていたのです。

万葉集の中には、舒明《じょめい》天皇が香具山に登って「うまし国そ　蜻蛉島《あきづしま》　大和の国は」と詠んだ国ぼめの歌（①二）を始め、万葉集全体にわたって美称の言葉を使ってほめている歌が数多くあります。また古事記でも倭建命《やまとたけるのみこと》が「倭は国のまほろば　たたなづく　青垣　山隠《ごも》れる　倭しうるはし」と大和を賛美している歌があります。

このように日本人は、古代から言葉の霊力が幸福をもたらす国であると信じており、言霊が日本の精神文化の基礎にあったと考えられています。

（米谷　潔）

あとがき

本年四月に迎える奈良まほろばソムリエの会設立十周年を記念して、『奈良万葉の旅百首』を企画しました。コンセプトは「この本を携えて、現地を訪ねてもらおう」。

約四百二十人の会員から書き手を募りますと、六十人の手が挙がりました。コロナ禍でイベントなどが中止に追い込まれるなか説明会の開催、原稿執筆、写真撮影、編集委員によるチェックという作業を黙々と進めました。おかげさまで、奈良に精通したメンバーによるとてもユニークな万葉集の手引き書に仕上がったのではないかと自負しています。

本書はイオングループのご寄付による「奈良県地域貢献サポート基金」からの助成金をいただき、刊行することができました。末筆ながらご著書からの万葉歌の転載をご快諾いただいた多田一臣様、ご監修いただいた上野誠様とご助力いただいた阪口由佳様、ご推薦のお言葉をいただいた岡本三千代様、表紙絵をお描きいただいたなかじまゆたか様に厚く御礼申し上げます。

令和三年二月二十八日

編集委員を代表して　ＮＰＯ法人「奈良まほろばソムリエの会」専務理事　鉄田　憲男

【筆者一覧（50音順）】

青木章二
浅井博明
池内　力
池川愼一
石田一雄
磯村洋一
大江弘幸
大山惠功
岡田充弘
小野哲朗
垣本麻希
柏尾信尚
梶尾　怜
梶原光惠
加藤なほ
亀田幸英
木村三彦
久門たつお
雑賀耕三郎
酒井良子
坂口隆信
島田宗人
清水千津子
鈴木　浩
世古　忠
田原敏明
玉置さよ子
津山　進
鉄田憲男
寺田麻美
友松洋之子
中村茂一
西川浩司
西川年文
西川　誠
橋本　厚
橋本篤実
長谷川由美子
波多江重人
日野益博
平越真澄
福岡康浩
藤井哲子
前田昌善
増田優子
松浦忠利
松浦文子
松田雅善
松森重博
水上和之
水間　充
道﨑美幸
箕輪成記
宮下豊子
森屋美穂子
安井　永
山﨑愛子
吉田英弘
米谷　潔
若林　稔

監修：上野　誠

1960年、福岡県生まれ。国学院大学大学院文学研究科博士課程後期単位取得満期退学。博士（文学）。現在、奈良大学文学部教授。研究テーマは、万葉挽歌の史的研究と万葉文化論。歴史学や考古学、民俗学を取り入れた研究を行う。

著書『万葉びとの奈良』(新潮社)、『万葉文化論』（ミネルヴァ書房）、『万葉集講義　最古の歌集の素顔』（中公新書）など多数。

編集委員（50音順）

石田　一雄
雑賀　耕三郎
鉄田　憲男
豊田　敏雄
福井　洋

編集協力（50音順）

橋本　厚
米谷　潔

奈良通が選んだ 奈良万葉の旅百首

2021年2月28日　初版第1刷発行

著　者：奈良まほろばソムリエの会
監　修：上野　誠
発行者：住田　幸一
編　集：加藤　なほ
発行所：京阪奈情報教育出版株式会社
〒630-8325
奈良市西木辻町139番地の6
URL://narahon.com/　Tel:0742-94-4567
印　刷：共同プリント株式会社

ISBN978-4-87806-817-1